LA SEPTIÈME VAGUE

Né à Vienne en 1960, Daniel Glattauer écrit depuis 1989 des chroniques politiques et judiciaires pour le grand journal autrichien *Der Standard*. Il est également l'auteur de plusieurs livres dont *Quand souffle le vent du nord*, immense succès international.

Paru dans Le Livre de Poche :

À TOI POUR L'ÉTERNITÉ

QUAND SOUFFLE LE VENT DU NORD

DANIEL GLATTAUER

La Septième Vague

ROMAN TRADUIT DE L'ALLEMAND (AUTRICHE)
PAR ANNE-SOPHIE ANGLARET

GRASSET

Titre original :
ALLE SIEBEN WELLEN
Publié par Deuticke, 2009.

© Deuticke im Paul Zsolnay Verlag Wien, 2009,
pour l'édition originale.
© Éditions Grasset & Fasquelle, 2011,
pour la traduction française.
ISBN : 978-2-253-16309-1 – 1re publication LGF

Chapitre un

Trois semaines plus tard
Objet : Bonjour

Bonjour.

Dix secondes plus tard
RÉP :

ATTENTION. ADRESSE MAIL MODIFIÉE. LE DESTI-NATAIRE NE PEUT PLUS REGARDER CETTE BOÎTE. LES NOUVEAUX MESSAGES SERONT AUTOMATIQUEMENT EFFACÉS. LE MANAGER DU SYSTÈME EST À VOTRE DISPOSITION POUR PLUS D'INFORMATIONS.

Six mois plus tard
Pas d'objet

Bonjour !

Dix secondes plus tard
RÉP :

ATTENTION. ADRESSE MAIL MODIFIÉE. LE DESTI-
NATAIRE NE PEUT PLUS REGARDER CETTE BOÎTE. LES
NOUVEAUX MESSAGES SERONT AUTOMATIQUEMENT
EFFACÉS. LE MANAGER DU SYSTÈME EST À VOTRE
DISPOSITION POUR PLUS D'INFORMATIONS.

30 secondes plus tard
RE :

Ça ne s'arrête jamais ?

Dix secondes plus tard
RÉP :

ATTENTION. ADRESSE MAIL MODIFIÉE. LE DESTI-
NATAIRE NE PEUT PLUS REGARDER CETTE BOÎTE. LES
NOUVEAUX MESSAGES SERONT AUTOMATIQUEMENT
EFFACÉS. LE MANAGER DU SYSTÈME EST À VOTRE
DISPOSITION POUR PLUS D'INFORMATIONS.

Trois jours plus tard
Objet : Information

Bonsoir, monsieur le manager du système. Comment ça va ? Un peu frais pour un mois de mars, non ? Mais après un hiver aussi doux, je pense que nous n'avons pas le droit de nous plaindre. Ah oui, tant que j'y suis : j'ai besoin d'une information. Nous avons une connaissance commune. Il s'appelle Leo Leike. Malheureusement, j'ai égaré sa nouvelle adresse mail. Auriez-vous la gentillesse de... merci. En me réjouissant de ce contact virtuel, Emmi Rothner.

Dix secondes plus tard
RÉP :

ATTENTION. ADRESSE MAIL MODIFIÉE. LE DESTINATAIRE NE PEUT PLUS REGARDER CETTE BOÎTE. LES NOUVEAUX MESSAGES SERONT AUTOMATIQUEMENT EFFACÉS. LE MANAGER DU SYSTÈME EST À VOTRE DISPOSITION POUR PLUS D'INFORMATIONS.

30 secondes plus tard
RE :

Puis-je me permettre une légère critique ? Vous vous répétez un peu. Bon service de nuit, Emmi Rothner.

7

Dix secondes plus tard
RÉP :

ATTENTION. ADRESSE MAIL MODIFIÉE. LE DESTI-
NATAIRE NE PEUT PLUS REGARDER CETTE BOÎTE. LES
NOUVEAUX MESSAGES SERONT AUTOMATIQUEMENT
EFFACÉS. LE MANAGER DU SYSTÈME EST À VOTRE
DISPOSITION POUR PLUS D'INFORMATIONS.

Quatre jours plus tard
Objet : Trois petites questions

Monsieur le manager du système, je vais être fran-
che : je suis dans une situation d'urgence. J'ai besoin
de la nouvelle adresse de monsieur l'« utilisateur »
Leo Leike, j'en ai vraiment besoin ! Je dois ABSOLU-
MENT lui poser trois questions : 1. Vit-il toujours ?
2. Vit-il toujours à Boston ? 3. Vit-il une nouvelle
relation par mail ? Si 1. est exact, je pourrai accepter
le 2. Mais je ne pourrai jamais lui pardonner le 3.
Pendant ces six mois, il a le droit d'avoir recommencé
quinze fois avec Marlene et de l'avoir fait venir tous
les jours à Boston. Il a le droit d'avoir fait la fête tous
les soirs dans des bars lounge miteux, de s'être réveillé
tous les matins sur l'opulente poitrine d'une brave
Barbie-beauté-de-comptoir bostonienne. Il a le droit
de s'être marié trois fois, et d'avoir décroché à chaque
fois trois faux triplés. Mais une chose lui est interdite :
IL N'A PAS LE DROIT D'ÊTRE TOMBÉ AMOUREUX PAR
ÉCRIT D'UNE AUTRE FEMME QU'IL N'A JAMAIS VUE.
Ça non, s'il vous plaît ! Cela doit rester unique. J'ai

besoin de cette certitude pour dormir sereine. Chez nous, le vent du nord souffle sans répit.

Cher manager du système, j'imagine assez bien ce que vous allez me répondre. Mais je vous le demande quand même : remuez ciel et terre, et transmettez mon message à Leo Leike, j'imagine que vous êtes en bons termes avec lui. Et dites-lui de ne pas hésiter à se manifester. Faites-le ! Vous vous sentirez mieux après. Bien, maintenant je vous laisse débiter votre oraison. Cordialement, Emmi Rothner.

Dix secondes plus tard
RÉP :

ATTENTION. ADRESSE MAIL MODIFIÉE. LE DESTI-NATAIRE NE PEUT PLUS REGARDER CETTE BOÎTE. LES NOUVEAUX MESSAGES SERONT AUTOMATIQUEMENT EFFACÉS. LE MANAGER DU SYSTÈME EST À VOTRE DISPOSITION POUR PLUS D'INFORMATIONS.

Trois mois et demi plus tard
Objet : Prière de faire suivre

Bonjour Leo, as-tu de nouveaux locataires dans l'appartement 15 ? Au cas où tu serais à Boston, je préfère te prévenir. Ne t'étonne pas du montant de la facture d'électricité. Ils gardent la lumière allumée toute la nuit. Bonne journée, bonne continuation, Emmi.

Deux minutes plus tard
Pas d'objet

Allô ?

Une minute plus tard
Pas d'objet

Hou hou, monsieur le manager du système, où êtes-vous ?

Une minute plus tard
Pas d'objet

Dois-je me faire du souci, ou suis-je en droit d'espérer ?

Onze heures plus tard
Objet : De retour de Boston

Chère Emmi, ton flair est stupéfiant. Je suis de retour depuis moins d'une semaine. En ce qui concerne l'électricité : c'est moi qui l'utilise. Emmi, je te souhaite, ah, qu'est-ce que je te souhaite après si longtemps ? Tout semble si banal. Le mieux c'est de te souhaiter, même cinq mois à l'avance, un joyeux Noël et une bonne année. J'espère que tu vas bien, au moins deux fois aussi bien que moi. Au revoir. Leo.

Le jour suivant
Objet : Perplexe

C'était quoi ça ? C'était bien vrai ? Et si c'était bien vrai et que c'était ce que c'était, est-ce que ça recommence ? Je n'arrive pas à le croire. E.

Trois jours plus tard
Objet : Décontenancée

Leo, Leo, qu'es-tu devenu ? Qu'est-ce que Boston a fait de toi ? E.

Le jour suivant
Objet : En conclusion

Cher Leo, ce que tu me fais ressentir depuis cinq jours est pire que tout ce que tu m'as fait ressentir avant, et pourtant je me suis déjà sentie mal à cause de toi, c'est même toi qui m'a appris à quel point on pouvait se sentir mal. (Bien aussi d'ailleurs.) Mais cela, je n'en avais pas encore fait l'expérience : je t'incommode. Tu reviens de Boston, tu ouvres « Outlook », tu te réjouis de la perspective d'une cyber-reconquête du pays natal. Déjà, les premiers mails prometteurs d'abonnées égarées t'attendent. De quoi vivre de nouvelles aventures spirituelles avec des femmes anonymes, peut-être y a-t-il même une célibataire dans le lot. Et après : ah, une certaine Emmi Rothner t'écrit. Le nom te dit vaguement quelque chose. N'est-ce pas celle qu'en charmeur professionnel

11

et virtuel tu avais presque mise dans ton lit, qui était prête à te sauter dans les bras ? Pourtant, un dernier réflexe de sa raison l'a fatalement éloignée de toi, elle t'a manqué, prise de vertige elle est passée à un cheveu de toi. Bien, neuf mois et demi sont passés, tu avais oublié depuis longtemps cette femme et cette frustration. Et voilà qu'elle donne de ses nouvelles, fait une apparition inespérée dans ta boîte mail. Tu lui souhaites – très drôle, Leo, comme à tes meilleurs moments – un joyeux Noël et une bonne année en plein creux estival. Et bye bye ! Elle a eu sa chance. D'autres se pressent déjà au portillon. Elle te dérange, elle t'énerve. Le plus simple est de l'ignorer, Leo, pas vrai ? Elle va vite arrêter. Elle arrête déjà. Elle arrête, promis !

PS : Tu espères que je vais au moins « deux fois aussi bien » que toi ? Malheureusement, Leo, je ne sais pas comment tu vas. Et je vais bien dix fois trop mal pour aller deux fois aussi bien. Mais cela ne doit pas te préoccuper outre mesure. Emmi.

PPS : Merci, de m'avoir écoutée encore une fois. Maintenant, tu peux me renvoyer ton sympathique manager du système. Avec lui au moins, on peut discuter de la pluie et du beau temps sans être dérangé.

Une heure plus tard
RÉP :

Je n'aurais pas dû te répondre, chère Emmi. Je t'ai blessée (une fois de plus), ce n'était pas mon intention. TU NE M'INCOMMODES JAMAIS. Tu le sais.

Sinon, je m'incommoderais moi-même, car tu fais partie de moi. Je te traîne avec moi partout, à travers tous les continents et dans tous les paysages de mes émotions, comme un idéal, une illusion de perfection, le concept d'amour le plus pur. Tu étais avec moi pendant presque dix mois à Boston, et tu es revenue avec moi.

Mais, Emmi, entre-temps ma vie physique a continué, il le fallait bien. Je suis en train de construire quelque chose. J'ai rencontré quelqu'un à Boston. Il est encore trop tôt pour parler de tu sais quoi. Mais nous avons envie d'essayer. Elle a un emploi en vue ici, elle va peut-être s'installer chez moi.

Pendant cette nuit atroce où notre « premier et dernier rendez-vous » a échoué si lamentablement, j'ai mis fin de façon brutale à notre relation virtuelle. Même si, jusqu'au dernier moment, tu n'as pas voulu l'accepter, tu avais pris une décision, et je t'ai aidée à la mener à bien. Je ne sais pas où tu en es avec Bernhard, avec ta famille. Je ne veux pas le savoir, car cela n'a rien à voir avec nous deux. Pour moi, cette longue pause était nécessaire. (Je n'aurais probablement jamais dû y mettre fin.) Elle était nécessaire pour préserver une expérience unique, pour que cette non-rencontre personnelle, familière, intime, subsiste toute une vie. Nous étions parvenus au sommet. Cela ne pouvait pas aller plus loin. Il n'y a pas de suite possible, même pas, et surtout pas neuf mois plus tard. J'aimerais que tu voies les choses comme cela, Emmi ! Préservons ce qui a été. Et restons-en là pour ne pas tout détruire. Ton Leo.

13

Dix minutes plus tard
RE :

Leo, ce mail était un chef-d'œuvre, un délice, en peu de temps tu atteins des sommets. – « Emmi, tu es certes l'illusion de la perfection, mais je ne veux plus entendre parler de toi. » Compris. Compris. Compris. La suite demain. Désolée, je ne peux pas te l'épargner. Bonne nuit, ton i.d.p.

Le lendemain
Objet : Digne épilogue

D'accord, je préserve ce qui a été. J'en reste là. Je ne détruis rien. Je respecte ton attitude, cher ex-correspondant, Leo « cela ne pouvait pas aller plus loin » Leike. Je m'estime heureuse que tu veuilles garder un bon souvenir de moi et de « notre histoire ». Pour une « illusion de perfection », je me sens plutôt imparfaite et assez désillusionnée, mais pourtant je reste pour toi le « concept d'amour le plus pur », même si je viens de toute évidence d'une autre étoile. Car, avec Cindy de Boston – elle s'appelle sûrement Cindy, je la vois comme si j'y étais, elle te susurre à l'oreille « je m'appelle Cindy », glousse-ment, « mais tu peux m'appeler Cinderella », glousse-ment, gloussement – donc, avec Cindy tu ne peux peut-être pas trouver le concept d'amour le plus pur, mais bien le plus terrestre. Tu peux le trouver et surtout tu peux le vivre. Moi, tu me traînes – le corps et l'esprit en harmonie – avec toi comme un « idéal », et je comprends bien sûr que tu fasses attention à ce que je ne devienne pas trop lourde, pour ne pas risquer une hernie idéale.

D'accord, Leo, je « nous » facilite les choses, je te facilite les choses, je me facilite les choses, j'arrête, je sors de ta vie. Je ne t'écrirai (bientôt !) plus de mails. Je te le promets.

Ton « idéal » peut-il exprimer encore un vœu, le tout dernier ? – JUSTE UNE HEURE, une heure face à face. Crois-moi, il n'y a pas de meilleur moyen de préserver notre expérience commune. Car la seule fin judicieuse d'une non-rencontre intime est la rencontre. Je n'exige rien de toi, je n'attends rien. J'ai juste besoin de t'avoir vu une fois dans ma vie, de t'avoir parlé, de t'avoir senti. J'ai besoin d'avoir observé tes lèvres qui forment le mot « Emmi ». J'ai besoin d'avoir regardé tes cils s'incliner devant moi avant que le rideau ne tombe.

Cher Leo, tu as raison, il n'y a pas de suite raisonnable pour nous. Mais il y a un digne épilogue. C'est tout ce que je te demande, pour la dernière fois ! Ton illusion de perfection.

Trois heures plus tard
RÉP :

Pamela.

Une minute plus tard
RE :

???

30 secondes plus tard
RÉP :

Elle ne s'appelle pas Cindy, mais Pamela. Oui, je sais, ce n'est pas terrible non plus. C'est toujours dangereux quand les pères s'imposent pour le choix du prénom des filles. Mais elle ne ressemble pas du tout à cela, je t'assure. Bonne nuit Emmi. Leo.

40 secondes plus tard
RE :

Cher Leo, je te remercie ! Je t'en prie, pardonne-moi mes insultes. Je me sens faible, si, si, si faible. Bonne nuit. Emmi.

Chapitre deux

Le lendemain
Objet : Très bien

Rencontrons-nous. Leo.

Trois minutes plus tard
RE :

Un homme, trois mots ! Excellente idée, Leo. Où ?

Une heure plus tard
RÉP :

Dans un café.

Une minute plus tard
RE :

Avec dix portes et cinq issues de secours.

Cinq minutes plus tard
RÉP :

Je propose : le grand café Huber. Nous n'avons jamais, nulle part, été aussi proches que là-bas. (Je veux dire : dans l'espace.)

40 secondes plus tard
RE :

Vas-tu encore envoyer ta jolie sœur en reconnaissance ?

50 secondes plus tard
RÉP :

Non, cette fois je viendrai vers toi seul, directement et ouvertement.

Trois minutes plus tard
RE :

Leo, cette détermination ne te ressemble pas, et elle m'irrite. Pourquoi est-ce si soudain ? Pourquoi veux-tu me rencontrer ?

40 secondes plus tard
RÉP :

Parce que tu en as envie.

30 secondes plus tard
RE :

Et parce que tu as envie d'en finir.

Deux minutes plus tard
RÉP :

Parce que je veux que tu en finisses avec l'idée que je veux en finir.

30 secondes plus tard
RE :

Leo, n'esquive pas. Tu veux en finir !

Une minute plus tard
RÉP :

Nous voulons tous les deux en finir. Nous voulons que tout cela soit derrière nous. Il s'agit d'un « digne épilogue ». Tes propres mots, chère Emmi.

50 secondes plus tard
RE :

Mais je ne veux pas que tu me rencontres juste pour en finir. Je ne suis pas ton dentiste !

19

Une minute et demie plus tard
RÉP :

Bien que tu touches souvent le nerf sensible. EMMI, S'IL TE PLAÎT !! Rencontrons-nous. C'est le souhait que tu as exprimé, et il était justifié. Tu nous as promis que cela ne détruirait pas notre « nous ». Je te crois, je fais confiance à ton « nous », à mon « nous » et à notre « nous » commun. Passons une heure face à face autour d'un café ! Quand as-tu le temps ? Samedi ? Dimanche ? Matin ? Après-midi ?

Trois heures plus tard
Pas d'objet

Je n'aurai plus droit à une réponse aujourd'hui, Emmi ? Si non, bonne nuit ! (Si oui, bonne nuit !)

Une minute plus tard
RE :

Leo, éprouves-tu encore des sentiments quand tu m'écris ? J'ai justement le sentiment que tu n'en as plus. Et c'est un sentiment très désagréable.

Deux minutes plus tard
RÉP :

Emmi, j'ai en moi d'énormes coffres et armoires remplis de sentiments pour toi. Mais j'ai aussi la clé qui convient.

40 secondes plus tard
RE :

Serait-ce une clé qui vient de Boston et qui s'appelle « Pamela » ?

50 secondes plus tard
RÉP :

Non, c'est une clé internationale qui s'appelle « raison ».

30 secondes plus tard
RE :

Mais elle ne tourne que dans un sens. Elle ne fait que fermer. Et, à l'intérieur des armoires, les sentiments étouffent.

40 secondes plus tard
RÉP :

Ma raison veille à ce que mes sentiments aient toujours assez d'air.

30 secondes plus tard
RE :

Mais ils n'ont pas le droit de sortir. Ils ne sont jamais libres. Leo, je te le dis, ton équilibre émotionnel

21

est fragile. Tu devrais y travailler. Bien, je vais prendre congé pour aujourd'hui (comme me le conseille ma raison), et je vais m'imprégner des mots que tu as ou n'as pas dits à propos de notre prochaine rencontre. Bonne nuit !

20 secondes plus tard
RÉP :

Dors bien, Emmi !

Le jour suivant
Objet : Dernière ligne droite

Bonjour Leo, finissons-en : je suis libre samedi à 14 h. Veux-tu que je te dise à quoi je ressemble, pour que tu n'aies pas à me chercher longtemps ? Ou préfères-tu que ce soit moi qui te trouve, assis quelque part dans la foule, l'air ennuyé, à feuilleter un journal en attendant que je t'aborde ? Sur le mode de : « Pardon, la chaise est libre ? Ah, est-ce que par hasard vous ne seriez pas monsieur Leike, l'homme qui ferme son armoire à sentiments ? Il se trouve que je suis Emmi Rothner, je suis ravie de faire, ou plutôt d'avoir fait votre connaissance. Et sinon... » coup d'œil au journal – « quoi de neuf dans le monde ? »

22

Deux heures plus tard
Objet : Sorry

Leo, pardonne-moi mon dernier mail ! Il était si, si, si... En tout cas, il n'était pas particulièrement gentil. J'aurais mérité que tu m'envoies le manager du système.

Dix minutes plus tard
RÉP :

Quel manager du système ?

50 secondes plus tard
RE :

Oh, laisse tomber. C'est une blague récurrente entre moi et moi-même. Samedi 14 heures, ça te va ?

Une minute plus tard
RÉP :

Samedi 14 heures, c'est très bien. Bon mercredi, chère Emmi !

40 secondes plus tard
RE :

Ce qui signifie en gros : « Ne compte pas recevoir d'autres mails de Leo ce mercredi, chère Emmi. »

23

Sept heures plus tard
Pas d'objet

Au moins, tu t'y tiens !

Trois heures plus tard
Objet : Juste comme ça

Leo, y a-t-il encore de la lumière chez toi ? (Tu n'es pas obligé de me répondre. Je me posais juste la question. Et si je me pose la question, je peux bien te la poser en même temps, non ?)

Trois minutes plus tard
RÉP :

Avant que tu ne te donnes une mauvaise réponse, Emmi : oui, il y a encore de la lumière. Bonne nuit !

Une minute plus tard
RE :

Que fais-tu ? Bonne nuit.

50 secondes plus tard
RÉP :

J'écris. Bonne nuit.

40 secondes plus tard
RE :

À qui écris-tu ? À Pamela ? Bonne nuit.

30 secondes plus tard
RÉP :

À toi ! Bonne nuit.

40 secondes plus tard
RE :

À moi ? Et que m'écris-tu ? Bonne nuit.

20 secondes plus tard
RÉP :

Bonne nuit.

20 secondes plus tard
RE :

Ah, d'accord. Bonne nuit.

Le jour suivant
Objet : Encore deux jours

Cher Leo, ceci est mon dernier mail avant que tu ne m'en aies envoyé un (le premier). Je l'envoie juste pour te le faire savoir. Si tu ne me réponds plus, nous nous verrons après-demain à 14 heures au café. Je ne vais certainement pas déambuler dans le café, le regard égaré, en quête de Leo. Je vais m'asseoir à une petite table à l'écart de la cohue et attendre que l'homme avec qui j'ai construit et détruit des émotions écrites pendant deux ans, avant qu'il ne parte à Boston en fermant l'armoire qu'il avait confectionnée pour ses sentiments vis-à-vis d'Emmi, je vais attendre que cet homme me trouve et prenne place en face de moi, afin que nous puissions en finir dignement avec cette aventure spirituelle. Je t'invite donc à faire un effort pour me reconnaître. Comme chacun sait, tu as le choix entre trois possibilités. Si tu ne te rappelles plus comment ta sœur m'a décrite, je veux bien te donner quelques mots clés. (Par le plus graaaaand des hasards, j'ai encore les mails de l'époque.) Emmi numéro un : petite, brune aux cheveux courts (qui pourraient toutefois avoir poussé en un an et demi), désinvolte, « dissimulait un léger manque d'assurance derrière une arrogance très digne », tête haute, traits délicats, motricité rapide, speed, dynamique. Emmi numéro deux : grande, blonde, forte poitrine, féminine, gestes lents. Emmi numéro trois : taille moyenne, brune, timide, un peu sauvage, mélancolique. Bien, je pense que tu devrais me trouver. Réponds-moi, ou détends-toi bien durant ces deux jours, mon cher. Et fais attention à ta clé ! Emmi.

Dix minutes plus tard
RÉP :

Chère Emmi, tu m'as facilité la tâche pour te reconnaître, peut-être plus que tu ne le voulais. Tu m'as enfin confirmé que tu étais l'Emmi numéro un, comme je l'avais toujours supposé. Veux-tu savoir comment ?

Une minute plus tard
RE :

Bien sûr ! J'aime le bouillonnant psychologue amateur qui se cache en toi Leo ! Grâce à lui, on peut te faire revenir à la vie quand tu es en arrêt circulatoire, et te forcer à écrire des mails, même quand tu as fait une croix sur tes sentiments.

15 minutes plus tard
RÉP :

Chère Emmi numéro un, par le plus graaaaand des hasards j'ai moi aussi encore nos mails de l'époque où nous essayions de nous évaluer à distance : pour décrire « Emmi numéro deux », tu as omis les caractéristiques que ma sœur lui avait attribuées comme « très à l'aise », « sûre d'elle, cool », « regarde les hommes d'un air tout à fait indifférent », et des particularités comme « mince, longues jambes » et « beau visage ». Tu n'as voulu faire allusion qu'à ses gestes lents et à ses gros seins (avec lesquels tu es

27

brouillée depuis que nous nous connaissons). On remarque que tu ne l'aimes pas particulièrement. Donc, tu n'es pas elle. Pareil pour « Emmi numéro trois ». Elle ne t'intéresse pas. Tu soulignes surtout sa timidité, un trait de caractère qui doit t'être complètement étranger. Et tu passes sous silence son « teint exotique », ses « yeux en amande », son « regard voilé », tout ce qui pourrait intriguer chez elle. « Emmi numéro un » est la seule à qui tu as accordé de généreuses descriptions, chère Emmi numéro un. Tu tiens à signaler que ses courts cheveux bruns pourraient avoir poussé, tu rappelles qu'elle « dissimulait un léger manque d'assurance derrière une arrogance très digne », tu cites sa « tête haute » et son dynamisme. Tu reprends le terme « speed », mais tu omets « agitée » et « nerveuse ». Ce sont des particularités que tu n'aimes pas chez toi. Bien, chère Emmi numéro un, je me réjouis de retrouver samedi après-midi autour d'un café tes cheveux bruns, ta tête haute et ton humeur speed. À bientôt, Leo.

Dix minutes plus tard
RE :

Si j'avais su à quel point tu peux être euphorique (dans tes mails) quand tu crois avoir vu clair en quelque chose, je me serais efforcée d'être plus transparente pour toi. Pourtant, je te préviens : mieux vaut t'attendre à n'importe laquelle des trois Emmi. Qui sait comment est la vie au-dehors, à quel point elle reflète ou non celle d'ici, où les mots se suffisent à eux-mêmes. Du reste, de nous deux, c'est toi qui as toujours été brouillé avec la partie supérieure du corps féminin. Sa seule évocation provoque visiblement chez toi une situation de stress œdipien. Je ne vois pas d'autre explication au fait que tu sois toujours si à cheval sur les « gros seins », si je puis m'exprimer de façon aussi métaphorique. À bientôt, Emmi.

Cinq minutes plus tard
RÉP :

Nous pourrons en discuter autour d'un café. On dirait de toute façon que nous ne nous éloignerons pas du sujet « seins, oui, non, gros, petits », mon Emmi, très chère, ma très chère Emmi.

Dix minutes plus tard
RE :

Sujets de conversation à éviter lors de notre rencontre :

1. Les seins et toutes les autres parties du corps (je ne veux pas parler d'apparences, nous nous verrons bien de toute façon).

2. « Pam » (et ce qu'elle imagine de son avenir dans la « vieille Europe » aux côtés de Leo Leike le coffre à sentiments).

3. Les affaires privées de Leo Leike qui n'ont rien à voir avec Emmi.

4. Les affaires privées d'Emmi Rothner qui n'ont rien à voir avec Leo.

29

Pendant cette heure, je voudrais, s'il te plaît, s'il te plaît, s'il te plaît, qu'il ne soit question de rien ni personne d'autre que nous deux. Crois-tu que cela soit possible ?

Huit minutes plus tard
RÉP :

Et de quoi devrons-nous parler ? Tu ne nous laisses pas grand-chose.

15 minutes plus tard
RE :

Leo, je crois que la peur te reprend petit à petit – ta peur chronique et latente d'approcher Emmi. Plutôt que de chercher un sujet de conversation, tu aimerais te cramponner aux « gros seins », je me trompe ? De quoi devrons-nous parler ? – Cela m'est égal. Racontons-nous des souvenirs d'enfance. Je ne ferai pas attention à la forme et au sens de tes mots, seulement à la façon dont tu les prononces. Leo, je veux te VOIR parler. Je veux te VOIR écouter. Je veux te VOIR respirer. Après des mois d'une virtualité intime, familière, prometteuse, réfrénée, incessante, interrompue, assouvie, inassouvie, je veux enfin, finalement, pendant une heure, te VOIR. Rien d'autre.

30

Sept minutes plus tard
RÉP :

J'espère que tu ne seras pas déçue. Car il n'y a rien de très excitant à VOIR chez moi, ni quand je parle, ni quand j'écoute, et surtout pas quand je respire. (Je suis enrhumé.) Mais tu l'as voulu, tu as souhaité ce rendez-vous.

Trois heures plus tard
Objet : ??

Ai-je (encore) dit quelque chose qu'il ne fallait pas dire ? Bonne fin de soirée. Leo.

Le jour suivant
Objet : Peur

Bonjour, Emmi. Oui, j'ai peur. J'ai peur que l'importance que j'avais pour toi (et que j'ai peut-être encore un peu) s'évanouisse d'un coup lorsque tu m'auras vu. Je crois en effet que mes mots sont plus esthétiques sur l'écran que ne l'est mon visage lorsqu'il les prononce. Peut-être seras-tu choquée de voir pour qui tu as gâché pendant deux ans des sentiments et des pensées de telle nature. C'est ce que je voulais dire hier quand je t'ai écrit : « Mais tu l'as voulu, tu as souhaité ce rendez-vous. » J'espère que tu me comprends à présent. Si tu ne me réponds pas : à demain. Leo.

Cinq heures plus tard
RE :

Oui, je te comprends à présent, tu as été très clair.
La seule chose qui t'ait toujours intéressé dans notre
« nous », jusqu'à aujourd'hui encore, c'est l'importance que TOI tu peux avoir pour MOI. Tu te moques
de l'importance que MOI j'ai pour TOI. Autrement
dit : si tu as beaucoup d'importance pour moi, j'en ai
un peu pour toi. Si tu as peu d'importance pour moi,
je n'en ai aucune pour toi. Bien sûr, c'est pour cela
que je ne te suis physiquement pas indispensable, que
tu n'as pas besoin de me rencontrer, et c'est pour cela
que tu fais preuve d'un enthousiasme mesuré lorsque
tu y es contraint et forcé. Car ce que JE suis vraiment
était et reste pour toi sans importance. Mais Leo, en
ce qui concerne tes angoisses, je peux te rassurer :
l'importance que tu as pour moi est en bonne voie
d'avoir déjà disparu avant notre rencontre (même si
cette phrase n'était pas correcte). Tu peux ressembler
à ce que tu veux, très cher Leo.

Dix minutes plus tard
RÉP :

Le mieux serait d'annuler le rendez-vous, très
chère Emmi.

20 secondes plus tard
RE :

Oui, annulons. Le mieux serait que tu actives tout de suite ton message d'absence, très cher Leo.

Dix minutes plus tard
RÉP :

C'est ma faute. Je n'aurais pas dû te répondre après Boston.

Une minute plus tard
RE :

C'est ma faute. Je n'aurais pas dû t'écrire que la lumière était allumée à trois heures du matin dans l'appartement 15. En quoi ta lumière me concerne-t-elle ? Du reste, pour que tu ne surestimes pas trop l'importance que tu as pour moi : je passais par hasard en taxi.

Deux minutes plus tard
RÉP :

Il est vrai que ma lumière ne te concerne pas, mais j'ai trouvé très gentil de ta part de vouloir m'économiser l'électricité. Soit dit en passant, même si cela semble sans importance dans notre situation : on ne peut pas voir d'un taxi si la lumière est allumée ou pas dans l'appartement 15.

33

Une minute plus tard
RE :

Eh bien c'était un autobus à étage ou un avion à hélices. De toute façon, cela n'a plus aucune importance. Bonne nuit !

Sept heures plus tard
RÉP :

Au cas où tu ne t'en serais pas déjà aperçue en passant à côté en avion : ce soir, la lumière est de nouveau allumée dans l'appartement 15. Je n'arrive pas à dormir.

Dix minutes plus tard
Objet : Important

Laisse-moi m'expliquer, Emmi.

1. L'importance que tu as pour moi m'importe au moins deux fois plus que celle que j'ai pour toi.

2. C'est justement parce que tu as tant d'importance pour moi qu'il m'importe beaucoup de savoir que j'en ai le plus possible pour toi.

3. Si tu n'avais pas autant d'importance pour moi, cela me serait égal d'en avoir pour toi.

4. Mais puisque cela ne m'est pas égal, cela signifie que tu as tant d'importance pour moi que cela ne peut pas m'être égal d'en avoir pour toi.

5. Si tu savais quelle importance tu as pour moi, tu comprendrais pourquoi je ne veux pas perdre celle que j'ai pour toi.

6. Conclusion n° 1 : tu ne savais visiblement pas quelle importance tu as pour moi.

7. Conclusion n° 2 : peut-être le sais-tu maintenant.

8. Je suis fatigué. Bonne nuit.

Quatre heures plus tard
RE :

Bonjour, Leo. Personne ne m'avait jamais dit cela. Et je ne crois pas que personne l'ait jamais dit à quelqu'un d'autre. Pas seulement parce qu'on ne pourrait pas s'exprimer de cette façon (si compliquée) une deuxième fois. Mais parce que peu de gens seraient capables d'une réflexion émotionnelle aussi profonde. Je te suis très reconnaissante. Tu n'imagines pas l'importance que cela a pour moi !!! Aujourd'hui à 14 heures au grand café ?

Une heure plus tard
RÉP :

Aujourd'hui à 14 heures au grand café.

Une minute plus tard
RE :

Donc dans quatre heures et vingt-six minutes.

35

Une minute plus tard
RÉP :

Vingt-cinq.

Une minute plus tard
RE :

Vingt-quatre.

40 secondes plus tard
RÉP :

Et tu viens vraiment cette fois !

50 secondes plus tard
RE :

Bien sûr. Et toi ?

Deux minutes plus tard
RÉP :

Oui, évidemment. Je ne vais pas nous priver de notre « digne épilogue ».

20 minutes plus tard
RE :

Ton mail de tout à l'heure était-il le dernier ?

20 secondes plus tard
RÉP :

Non. Et le tien ?

30 secondes plus tard
RE :

Non plus. Excité ?

20 secondes plus tard
RÉP :

Oui. Toi ?

25 secondes plus tard
RE :

Oui, très.

30 secondes plus tard
RÉP :

Tu ne devrais pas. Je suis un homme plutôt dans la moyenne, je n'ai rien de très excitant quand on me voit pour la première fois.

20 secondes plus tard
RE :

Leo, il est trop tard pour limiter les dégâts ! C'était ton dernier mail ?

30 secondes plus tard
RÉP :

Mon avant-dernier, mon Emmi.

40 secondes plus tard
RE :

Voilà mon dernier ! À tout à l'heure, cher Leo. Bienvenue dans le monde inconnu de la rencontre.

Chapitre trois

Le soir du même jour
Pas d'objet

Merci, Emmi. Leo.

Le matin du jour suivant
Pas d'objet

Il n'y pas de quoi, Leo. Emmi.

Douze heures plus tard
Objet : Etait-ce...

...si horrible ?

Deux heures plus tard
RE :

Pourquoi poses-tu la question, Leo ? Tu sais comment c'était. Tu étais là. Pendant 67 minutes, tu es resté assis, en chair et en os, en face de ton « illusion de perfection », et tu lui as souri pendant au moins 54 minutes. Je ne vais pas énumérer tout ce que tu avais mis dans ce sourire, tant le programme était chargé. Quoi qu'il en soit, il y avait aussi une bonne dose de gêne. Mais non, ce n'était pas horrible. Pas horrible du tout. J'espère que ta gorge va mieux. Comme je t'ai dit : bonbons Ricola, au cassis de préférence. Et avant d'aller dormir, gargarismes avec une infusion de sauge ! Bonne fin de soirée, Emmi.

Dix minutes plus tard
RÉP :

« Pas horrible du tout. » Comment était-ce alors, chère Emmi ? Comment était-ce, vraiment ?

Cinq minutes plus tard
RE :

Eh Leo, depuis quand poses-tu les questions intéressantes ? N'es-tu pas celui de nous deux qui s'occupe des réponses intéressantes ? Donc : si ce n'était pas horrible, comment était-ce, cher Leo ? Prends ton temps. Bonne nuit. Emmi.

Trois minutes plus tard
RÉP :

Comment deux Emmi identiques peuvent-elles parler et écrire sur un ton si différent ?

50 secondes plus tard
RE :

Des années d'entraînement, monsieur le psychologue du langage ! Et maintenant, dors bien, fais de beaux rêves et respire librement.

D'ailleurs : « Merci, Emmi », c'était médiocre, cher Leo. Très médiocre. Bien en dessous de tes capacités.

Le soir du jour suivant
Objet : L'étranger

Chère Emmi, depuis une heure j'efface des fragments de mail dans lesquels j'essaie de te décrire ce que j'ai ressenti lors de notre rencontre. Je n'arrive pas à rassembler mes impressions. Tout ce que je peux dire sur toi semble banal, verbeux, « bien en dessous de mes capacités ». Je vais essayer une autre tactique. Je vais te raconter ce que TU as ressenti lors de notre rencontre. Puis-je me servir, pour une fois, de ton système si pratique de numérotation ? Donc :

1. Tu as été perturbée que je sois là avant toi.

2. Tu as été surprise que je te reconnaisse tout de suite, car tu savais que je ne m'attendais pas à « cette » Emmi.

3. Tu as été déconcertée quand je t'ai embrassée sur la joue comme s'il s'agissait d'un cérémonial répété entre nous depuis un an. (Tu m'as refusé l'accès à la deuxième joue, j'ai compris.)

4. Dès la première seconde, tu as eu l'impression d'être face à un étranger qui prétendait être Leo

Leike, mais qui n'apportait aucune preuve de son identité.

5. Cet étranger ne t'était pas antipathique. Il te regardait dans les yeux. Il ouvrait et fermait la bouche quand il fallait. Il ne racontait pas d'histoires déplacées. Il ne paniquait pas quand de longues pauses silencieuses s'installaient. Il n'avait pas mauvaise haleine et ses sourcils ne tressaillaient pas. C'était un interlocuteur divertissant et pas désagréable, bien qu'enroué. Et pourtant, tu devais sans cesse interroger la jolie montre vert émeraude, qui s'était trouvé un poignet tout à fait gracieux, pour savoir combien de temps encore tu serais obligée de feindre et de voir feindre une proximité dont il n'y avait plus la moindre trace dans cet espace public. Rien chez moi ne te semblait connu. Rien ne t'était familier. Rien ne te touchait. Rien ne te rappelait le Leo des messages. Rien ne s'était transmis de la boîte mail à la table du café. Ce rendez-vous n'avait répondu à aucune de tes attentes, chère Emmi. Et c'est pourquoi, en ce qui concerne Leo Leike, tu es quelque peu, non, « déçue » serait trop fort. Désenchantée. C'est plutôt désenchantée dans le sens : « Le voilà, Leo Leike. Aha. Bien. » Voilà à peu près ce que tu dois penser. Je me trompe ?

Une heure plus tard
RE :

Oui, merci du compliment, cher Leo. Ma montre verte est vraiment très jolie, je la porte depuis des années. Je l'ai achetée chez un antiquaire serbe de Leipzig. « Marche bien, toi regarder le jour, toi regarder la nuit, il est toujours l'heure », m'a-t-il promis. Effectivement : quand je regardais ma montre, il était toujours l'heure. Bien, et maintenant il est de nouveau l'heure. Je t'embrasse. Emmi.

Dix minutes plus tard
RÉP :

Chère Emmi, je trouve que tu esquives de façon très élégante, presque coquette. Mais ne crois-tu pas que j'ai le droit de savoir pourquoi tu es fâchée ? Cela m'aiderait quelque peu cette nuit, pour le sommeil, si tu vois ce que je veux dire.

20 minutes plus tard
RE :

D'accord Leo, en fait j'aurais préféré savoir ce que TU penses de moi, et ce que TU as ou aurais ressenti (en supposant que tu ressentes quelque chose). En ce qui concerne mes émotions et mes sentiments, je les connais toujours un peu mieux que toi, même après notre rencontre. Crois-moi. Mais c'est gentil de t'être donné tant de peine. Bonne nuit.

43

Le soir suivant
Objet : L'Indisponible

Cher Leo, je vois bien qu'en ce moment tu es un peu crispé quand tu écris. Peut-être t'es-tu épuisé en t'efforçant d'être détendu au café. Mais je ne veux pas jouer les rabat-joie : je vais te dévoiler ce que TU as ressenti lors de notre rencontre. Donc :

1. Tu étais si bien préparé à être le parfait Leo Leike, à l'aise, galant, sûr de lui, et pourtant humble et digne quand il vient mettre fin à sa relation par mails, qu'il t'était à peu près indifférent de voir quelle Emmi viendrait.

2. Félicitations, Leo, tu as à peine laissé voir à quel point tu étais surpris que je sois si différente de ce que tu croyais.

3. Félicitations, Leo, tu as à peine laissé voir à quel point tu étais étonné que je puisse être de taille moyenne, brune, timide et sauvage. (Par mesure de précaution, j'avais laissé la mélancolie au vestiaire, et c'était tant mieux.)

4. Félicitations, Leo, tu as à peine laissé voir à quel point il t'était difficile de planter dans mes yeux tes pupilles cerclées d'un bleu limpide, tout en maintenant ton innocent, discret et amical sourire de je-prends-les-Emmi-comme-elles-viennent.

5. Leo, si on devait établir le classement des cent inconnus que la moyenne des Emmi entre vingt et soixante ans reverrait sans hésiter une deuxième fois – au moins pour flirter – je te garantis que tu serais dans le top cinq. (Tu ne perds des points qu'à cause de ton bisou sur la joue, dont la fugacité perfection-

niste était un peu précipitée, tu devrais peaufiner ta technique.)

6. Mais hélas, hélas, hélas ! Je ne suis pas la moyenne des Emmi, mais bien celle-ci, qui croyait te connaître « personnellement », et qui pensait avoir vécu avec toi les jours (et les nuits !) où ton armoire à sentiments était ouverte. (Comme par hasard, en général l'armoire à vins était ouverte aussi.)

7. Non, cher Leo, tu ne m'étais pas étranger, tu ne m'as même pas laissé la possibilité de te considérer comme un étranger. En fait, si l'on excepte ton enveloppe extérieure, tu étais absent, tu t'es caché de moi en plein jour.

8. Notre rencontre en sept mots : j'ai été timide et toi renfermé. Désenchantée ? Eh bien, pour être honnête, un peu. Ces deux dernières années – y compris les neuf mois de ton Emmi-gration intérieure à Boston – ont été un peu plus riches que cela. Bisou sur la joue. Maintenant, je déballe ma mélancolie et je l'emmène sous la douche.

Quatre heures plus tard
Objet : Au fait

Veste très chic quand même. Le bleu te va bien. Ah, et bon voyage à Londres ! (Tu n'es pas obligé de répondre.)

Cinq minutes plus tard
RÉP :

Puis-je te poser une question « personnelle », Emmi ?

50 secondes plus tard
RE :

Ah, voilà une question qui promet !

40 secondes plus tard
RÉP :

Es-tu toujours avec Bernhard ?

30 secondes plus tard
RE :

Oui. Bien sûr. Evidemment. Pourquoi cette question ?

40 secondes plus tard
RÉP :

Oh, seulement par intérêt « personnel ».

20 secondes plus tard
RE :

Pour moi ?

30 secondes plus tard
RÉP :

Pour ta situation.

50 secondes plus tard
RE :

Bien bien. Puis-je te poser une question « personnelle », Leo ?

20 secondes plus tard
RÉP :

Tu peux.

20 secondes plus tard
RE :

Regrettes-tu de m'avoir vue ?

30 secondes plus tard
RÉP :

Puis-je te poser une autre question très « personnelle », Emmi ?

20 secondes plus tard
RE :

Tu peux.

47

30 secondes plus tard
RÉP :

Peut-on le regretter ?

40 secondes plus tard
RE :

Dois-je te répondre honnêtement et « très personnellement » ?

20 secondes plus tard
RÉP :

Tu dois.

30 secondes plus tard
RE :

J'ai toujours pensé : non, on ne peut pas le regretter. Mais je t'en crois capable. Bonne nuit, cher cor-
respondant.

20 secondes plus tard
RÉP :

Depuis que je t'ai vue, j'admire encore dix fois plus
l'assurance avec laquelle tu ironises sur ton manque
d'assurance. Bonne nuit, chère correspondante.

40 secondes plus tard
RE :

Bien, le Leo virtuel reprend peu à peu le dessus. Si tu aères un jour ton armoire à sentiments : pense à Emmi, qui ironise avec assurance sur son manque d'assurance.

30 secondes plus tard
RE :

Est-ce que « Pam » vient à Londres ?

40 secondes plus tard
RÉP :

Elle y est déjà.

30 secondes plus tard
RE :

Oh, comme c'est pratique. Bon, eh bien bon atterrissage, bonne nuit !

20 secondes plus tard
RÉP :

Bonne nuit, Emmi.

Chapitre quatre

Quatre semaines plus tard
Objet : Bonjour Emmi !

Bonjour Emmi, serais-tu par hasard passée hier en avion à hélices à côté de l'appartement 15 pour prendre des photos ? Ou était-ce un orage ? En tout cas, j'ai pensé à toi et je n'ai plus réussi à m'endormir. Comment vas-tu ? Je t'embrasse. Leo.

Cinq heures plus tard
RE :

Bonjour Leo, quelle surprise ! Je ne pensais pas qu'après avoir totalement digéré la « rencontre » et t'être tu pendant un mois, tu te déciderais de nouveau à m'écrire un mail. À qui écris-tu d'ailleurs ? Et à qui penses-tu quand tu penses à moi (quand, de façon tout à fait charmante, l'éclair et le tonnerre me rappellent à ton souvenir) ? Penses-tu à ton ancien « idéal » sans corps et sans visage, au « concept d'amour le plus pur », à ton « illusion de perfection » ? Ou penses-tu

51

à la femme timide au regard voilé du café ? (Si tu me réponds dans les quatre prochaines semaines, j'irai plus loin et je te demanderai ce que tu penses CONCRÈ-TEMENT, quand tu penses à l'une de nous deux.) Je t'embrasse. Emmi.

30 minutes plus tard
RÉP :

Je pense à cette Emmi qui, du bout de doigts si délicats qu'ils semblent lui échapper, enlève toutes les trente secondes de ses yeux des mèches imaginaires pour les remettre derrière son oreille, comme si elle cherchait à délivrer son regard d'un voile, pour pouvoir enfin observer les choses avec autant d'acuité qu'elle sait les décrire depuis longtemps. Et je me demande sans cesse si cette femme est heureuse.

Dix minutes plus tard
RE :

Cher Leo, un mail comme ça tous les jours et je serais la femme la plus heureuse du monde.

Trois minutes plus tard
RÉP :

Merci, Emmi. Mais malheureusement, le bonheur n'est pas fait de mails.

52

Une minute plus tard
RE :

De quoi alors ? De quoi le bonheur est-il fait ?
Dis-le-moi, j'aimerais bien le savoir !!!

Cinq minutes plus tard
RÉP :

D'un sentiment de sécurité, de confiance, de points
communs, d'attentions, d'expériences, d'inspiration,
d'idées, de représentations, de défis, d'objectifs. Et la
liste n'a bien sûr rien d'exhaustif.

Trois minutes plus tard
RE :

Hooou, ça sent le stress total, le décathlon
moderne, le marathon du bonheur, avec concours de
vertus et de qualités. Je préfère un mail quotidien de
Leo avec une petite mèche imaginaire. Passe une
bonne soirée ! Je suis contente que tu ne m'aies pas
oubliée. Bisou sur la joue. Emmi.

Le jour suivant
Objet : Question

Cher Leo, tu sais ce que je vais te demander !

53

20 minutes plus tard
RÉP :

La détermination avec laquelle tu mets ton point d'exclamation me le fait soupçonner.

Une minute plus tard
RE :

Donc, Leo, qu'est-ce que j'ai envie de te demander ?

Trois minutes plus tard
RÉP :

« Comment s'est passé ton voyage à Londres ? »

Une minute plus tard
RE :

Ah, Leo, peut-être le formulerais-tu comme cela. Mais tu sais que j'aime appeler les choses par leur nom. – Donc : comment cela se passe-t-il avec « Pam » ?

50 secondes plus tard
RÉP :

Premièrement, « Pam » ne prend pas de guillemets. Deuxièmement, Pam s'appelle Pamela. Et troisièmement, Pamela n'est pas une chose !

Deux minutes plus tard
RE :

Tu l'aimes ?

Trois heures plus tard
Pas d'objet

Il t'en faut du temps pour réfléchir.

Dix minutes plus tard
RÉP :

Emmi, il est encore bien trop tôt pour en parler,
ou plutôt pour en discuter.

Trois minutes plus tard
RE :

Très habile formulation, cher Leo. Je n'ai plus qu'à
choisir. Leo veut-il dire : il est trop tôt pour parler
d'amour ? Ou bien : il est trop tôt pour discuter de
« Pam », pardon : Pamela, avec Emmi ?

Cinq minutes plus tard
RÉP :

Sans hésitation la deuxième proposition, chère
Emmi. On voit à ta rapide rechute de « Pam » que
tu n'es pas encore prête à en discuter avec moi. Tu

55

ne l'aimes pas. Tu as l'impression qu'elle te dépossède de ton partenaire de mails. Je me trompe ?

Cinq heures plus tard
Pas d'objet

Maintenant c'est à TOI qu'il faut du temps pour réfléchir à la façon de réfuter ce soupçon, mon Emmi.

15 minutes plus tard
RE :

D'accord, tu as raison. Je ne l'aime pas, première-ment parce que je ne la connais pas et que c'est donc plus facile pour moi, deuxièmement parce que je m'efforce de me la représenter de la façon la plus répugnante possible, troisièmement parce que j'y par-viens, et quatrièmement : oui, elle me dépossède de toi, du reste de toi, des miettes épistolaires, du léger espoir. Espoir de, de, je ne sais pas de quoi, juste espoir. Mais je le promets : si tu l'aimes, j'apprendrai à l'apprécier. En attendant, pourrai-je dire « Pam » encore quelques fois ? Je ne sais pas pourquoi, mais cela me fait du bien. Et ce qui me fait du bien aussi, mon Leo : quand tu écris « mon Emmi ». Je te prends au pied de la lettre. Oui, cela aussi, j'y parviens, parfois. Dors bien.

56

Trois minutes plus tard
RÉP :

Toi aussi, mon Emmi.

Deux jours plus tard
Objet : Je t'écris

Emmmmmmmmmmmi, je suis soûl. Et je me sens seul. Grosse erreur. Jamais les deux à la fois. Soit seul soit soûl, mais jamais les deux en même temps. Grosse erreur. « Tu l'aimes ? », m'as-tu demandé. Oui, je l'aime quand elle est avec moi. Ou, pour le dire autrement : je l'aimerais si elle était avec moi. Mais elle n'est pas avec moi. Et je ne peux pas être avec elle quand elle n'est pas avec moi. Tu me comprends, Emmi ? Je ne peux pas, sans cesse, n'aimer que des femmes qui ne sont pas avec moi quand je suis avec elles, quand je les aime. Londres ? Comment s'est passé mon voyage à Londres ? Oui, comment s'est-il passé ? Cinq jours pour apaiser le désir accumulé, six jours d'angoisse en pensant au désir à venir. Voilà Londres. Pamela veut emménager chez moi. Appelle-la « Pam », tu peux l'appeler « Pam ». Il n'y a que toi qui en a le droit ! Pamela veut emménager chez moi. Elle veut vivre avec moi. Elle le veut, mais le fera-t-elle ? Je ne peux pas vivre du souhait d'une femme que j'aime. Je veux vivre avec la femme que j'aime. Vivre et aimer, les deux en même temps. Jamais l'un sans l'autre. Être soûl ou seul, jamais les deux en même temps. Toujours l'un sans l'autre. Tu comprends ce que je veux dire, Emmi ?

57

Attends un peu, je me sers un autre verre. Vin rouge, bordeaux, la deuxième bouteille, elle a un goût d'Emmi, comme toujours. Tu te rappelles ? Tu sais, Emmi, tu es la seule. Tu es la seule, la seule, la seule qui… C'est difficile à formuler. Je suis déjà un peu soûl. Tu es la seule qui soit proche de moi, quand elle n'est pas avec moi, car je suis avec elle, même quand elle n'est pas avec moi. Et il faut que je t'avoue autre chose, Emmi. Non, je ne vais pas le faire, tu as une famille. Tu as un mari qui t'aime. Il y a un an, tu as décampé. Tu l'as choisi, lui, tu as fait le bon choix. Tu crois peut-être qu'il te manque quelque chose. Mais il ne te manque rien. Tu as les deux, vivre et aimer. J'ai aussi les deux : être seul et être soûl. Grosse erreur.

Mais je vais te l'avouer. Je me suis tellement forcé, tellement, tellement forcé, je ne voulais pas que tu me plaises. Je ne le voulais pas. Je ne voulais pas que tu me déplaises et je ne voulais pas que tu me plaises. Je ne voulais rien. Je ne voulais pas te voir. À quoi bon ? Tu as Bernhard et les enfants. J'ai Pamela. Et quand elle n'est pas là, j'ai du bordeaux. Mais je t'avoue quelque chose : tu as un magnifique, un magnifique visage. Il semble beaucoup plus innocent que tes mails. Non, tes mails ne sont coupables de rien, mais ils sont parfois durs, plus durs que tu ne l'es. Pourtant ton visage est doux. Et beau. Et je ne sais pas si tu es heureuse. Je ne sais pas, je ne sais pas, je ne sais pas. Mais tu dois l'être. Tu peux vivre et aimer, les deux en même temps. Je me sens seul et je ne vais pas bien. Et que m'apporte Pamela, quand elle est si loin que je n'arrive plus à la sentir proche de moi ? Tu me comprends ? Je vais dormir. Mais je dois t'avouer une chose : hier, j'ai rêvé de toi et j'ai vu ton vrai visage. Je me fiche de tes seins, gros seins, petits seins, seins moyens, cela m'est égal. Mais pas tes yeux et ton visage. Et pas ton nez. La façon dont tu m'as regardé, parlé, senti. Cela ne m'est pas égal. Et chaque mot que tu m'écris à présent contient ton odeur et ton regard et ta bouche. Maintenant, je vais dormir. Je t'envoie ce mail et je vais dormir. J'espère que je vais trouver la bonne touche. Tu es si proche de moi, je t'embrasse. Et maintenant je vais dormir. Où est la touche ?

Cinq minutes plus tard
Objet : Je t'ai écrit

Chère Emmi, je t'ai envoyé un mail. J'espère que tu l'as reçu. Non, j'espère que tu ne l'as pas reçu. Ou bien si. N'importe, ce qui est fait est fait, que tu le lises ou non. Et maintenant je vais dormir. Je suis un peu soûl.

Le soir suivant
Objet : Tu es adorable !

Cher Leo, hier soir j'ai reçu du courrier de ta part. Le sais-tu ? L'as-tu lu aujourd'hui ? L'as-tu enregistré ? Si non, je peux te l'envoyer. Tu es un homme adorable !! Tu devrais te soûler plus souvent. Quand tu es soûl, tu es si, si, si – double ! Emmi.

59

Une heure plus tard
RÉP :

Merci Emmi. Dès ce matin, la tête lourde et l'estomac à l'envers, j'ai appris ce que je t'avais infligé hier sous l'emprise de l'alcool. Et, Emmi, « puis-je t'avouer quelque chose » ? – Aussi curieux que cela puisse paraître, je ne suis pas gêné. D'une certaine façon, je suis même soulagé. J'ai dit des choses que je traînais avec moi depuis longtemps. Je suis content qu'elles soient enfin sorties. Et faut-il que je t'avoue autre chose ? – Je suis heureux de t'avoir dit cela, à TOI. Bien, et maintenant je vais me faire une camomille. Bonne nuit, mon Emmi. Et pardonne-moi si je suis allé trop loin.

Le matin suivant
Objet : Deuxième essai

Leo, je veux te revoir. Encore un café. Juste un café dans un café. Rien d'autre. Dis oui ! Nous pouvons faire mieux que la dernière fois. Bonne journée, mon Leo.

Dix heures plus tard
Objet : Café

Bonjour Leo, où es-tu ? Pas seul et plongé dans un coma bordelais, j'espère. Je te rappelle ma proposition de ce matin : une autre tentative de café. Oui ou non ? Je suis pour « oui ». Toi ? En cas d'égalité, c'est la plus petite pointure qui décide. Aurais-tu la gentillesse de me révéler aujourd'hui le contenu de ton vote (même si tu es sobre) ? J'aimerais bien connaître ta réponse avant d'aller dormir. Bisou sur la joue, Emmi au doux visage.

Deux heures plus tard
Pas d'objet

Leo, s'il te plaît, réponds !!!

Une heure plus tard
Pas d'objet

Leo, est-ce nécessaire ? Cela me rend folle d'attendre de toi des réponses urgentes qui n'arrivent pas ! Écris « oui », écris « non », écris « bêêêêê », écris n'importe quoi, mais écris ! Sinon, un avion à hélices va bientôt se poser sur la terrasse de l'appartement 15. Je te préviens ! Emmi.

Le matin suivant
Objet : Brutal

Merci, Leo. Merci pour cette nuit inoubliable. Je n'ai pas fermé l'œil.

61

Dix secondes plus tard
RÉP :

ATTENTION. ADRESSE MAIL MODIFIÉE. LE DESTI-
NATAIRE NE PEUT PLUS REGARDER CETTE BOÎTE. LES
NOUVEAUX MESSAGES SERONT AUTOMATIQUEMENT
EFFACÉS. LE MANAGER DU SYSTÈME EST À VOTRE
DISPOSITION POUR PLUS D'INFORMATIONS.

Trois minutes plus tard
RE :

Leo, je t'en prie, dis-moi qu'en t'efforçant de faire
une plaisanterie de mauvais goût, tu as voulu tester
tes limites. Si tu te manifestes maintenant, je te par-
donnerai dans l'année !

Dix secondes plus tard
RÉP :

ATTENTION. ADRESSE MAIL MODIFIÉE. LE DESTI-
NATAIRE NE PEUT PLUS REGARDER CETTE BOÎTE. LES
NOUVEAUX MESSAGES SERONT AUTOMATIQUEMENT
EFFACÉS. LE MANAGER DU SYSTÈME EST À VOTRE
DISPOSITION POUR PLUS D'INFORMATIONS.

Une minute plus tard
RE :

Pourquoi me fais-tu subir cela ?

Dix secondes plus tard
RÉP :

ATTENTION. ADRESSE MAIL MODIFIÉE. LE DESTI-
NATAIRE NE PEUT PLUS REGARDER CETTE BOÎTE. LES
NOUVEAUX MESSAGES SERONT AUTOMATIQUEMENT
EFFACÉS. LE MANAGER DU SYSTÈME EST À VOTRE
DISPOSITION POUR PLUS D'INFORMATIONS.

Chapitre cinq

Le soir suivant
Objet : Test

Bonjour Emmi, est-ce que ça marche ? Leo.

30 minutes plus tard
RE :

Oui, ça marche. Mais dois-je t'avouer quelque chose, cher Leo ? Ça marche mieux avec moi que ces derniers jours. Que se passe-t-il ? Où étais-tu ? Que testes-tu ? Que fais-tu ? Pourquoi me colles-tu le manager du système sur le dos ? J'ai cru que tu avais de nouveau fui à Boston.

Deux minutes plus tard
RÉP :

Je suis désolé Emmi. Je suis vraiment désolé ! Il y a eu un gros problème de logiciel, à ce qu'il paraît. Ils

65

avaient résilié mon Outlook par erreur. Peut-être ai-je laissé passer une date limite. Depuis trois jours, plus aucun mail n'apparaît. Tu m'as écrit ?

Douze minutes plus tard
RE :

Oui, Leo. Je t'ai écrit. Je t'ai posé une question. J'ai attendu ta réponse pendant deux jours et demi. J'ai tremblé pour toi, comme à nos plus belles heures, avant ton départ pour Boston. Je t'ai même appelé, je ne t'aurais pas parlé, je voulais juste entendre ta voix, mais il n'y avait « plus d'abonné » à ton ancien numéro. J'ai pleuré sur toi des larmes sèches. Je t'ai souri comme une hystérique. Je pensais que ce qui n'a jamais commencé s'était déjà terminé une seconde fois. Voilà les grands moments de l'existence peu réjouissante que j'ai menée pendant ton gros problème de logiciel. Comme s'il n'y avait pas assez de raison d'être séparés, l'ordinateur qui nous contrôle en rajoute une. Le terrain sur lequel nous avançons est épouvantable. Maintenant, je suis épuisée. Bonne nuit. C'est bien que tu sois de nouveau là. C'est bien et c'est rassurant.

Trois minutes plus tard
RÉP :

Chère Emmi, je souffre de t'avoir fait du mal, tu peux me croire. C'était un cas de force majeure : informatique. Elle sépare aussi vite qu'elle unit. Nos sentiments n'y peuvent rien. Pardonne-moi. Et dors bien, mon Emmi.

Le matin suivant
Objet : Ta question

Bonjour, Emmi. Je viens d'appeler un « spécialiste » : le « système » marche à nouveau. J'espère que tu as fait la grasse matinée. Ah oui, tu disais que tu m'avais posé une question. Que voulais-tu savoir ? Je t'embrasse, Leo.

Une heure plus tard
RE :

Pour faire court : aujourd'hui, 15 heures, grand café ?

30 minutes plus tard
RÉP :

Oui, mais (…). Non, pas de mais. Oui !

20 minutes plus tard
RE :

Parfait ! Tu as eu besoin de trente minutes pour cette intéressante chaîne causale, mon Leo ? De SEU-LEMENT trente minutes ? Puis-je faire une analyse ? D'abord le « oui » de l'accord apparemment résolu.

67

Puis la virgule de l'ajout à venir. Puis le « mais » de la restriction annoncée. Puis la ronde parenthèse de l'art typographique. Puis les points de suspension de la mystérieuse hésitation. Puis assez de discipline pour fermer la parenthèse et remballer le trouble anonyme. Puis un point conformiste, pour maintenir un ordre apparent dans le chaos interne. Puis soudain le « non » entêté du refus apparemment résolu. Encore la virgule de l'addition imminente. Puis le « pas » du rejet sans compromis. Puis un autre « mais », résolutoire celui-là, un « mais » qui n'est là que pour montrer qu'il n'y en a plus. Tous les doutes sont sous-entendus. Aucun doute n'est exprimé. Tous les doutes sont balayés. À la fin, se dresse un courageux « Oui », accompagné d'un point d'exclamation entêté. Encore une fois, du début : « Oui, mais (...). Non, pas de mais. Oui ! » L'admirable rondeau de ton indécision. La fascinante chorale de ta prise de décision dévoilée au grand jour. Cet homme sait très bien qu'il ne sait pas ce qu'il veut. Il sait, comme personne, le faire savoir à la femme concernée. Et ce en trente ridicules petites minutes. Génial ! C'est à cela qu'on voit que tu as étudié la psychologie du langage, cher Leo.

Trois minutes plus tard
RÉP :

Et toi, tu sais ce que tu veux ?

30 secondes plus tard
RE :

Oui.

40 secondes plus tard
RÉP :

Quoi ?

50 secondes plus tard
RE :

Toi. (Encore une fois autour d'un café.) ((Tu vois, moi aussi je maîtrise l'art de la parenthèse.))

30 secondes plus tard
RÉP :

Pourquoi ?

Une minute plus tard
RE :

Parce que je fais la même chose que toi, même si tu n'oses visiblement te l'avouer, ouvrez la parenthèse, et me l'avouer, fermez la parenthèse, que lorsque tu es ivre.

69

40 secondes plus tard
RÉP :

C'est-à-dire ?

30 secondes plus tard
RE :

Je m'intéresse à toi.

40 secondes plus tard
RÉP :

Oui, chère Emmi. Pas de mais, pas de points, pas de parenthèses. Juste : oui. C'est vrai. Bien vu. Je m'intéresse à toi.

Une minute plus tard
RE :

Très bien, cher Leo. Dans ce cas, les conditions d'une deuxième visite commune au café sont remplies, je pense. À trois heures ?

20 secondes plus tard
RÉP :

Oui. Ouvrez la parenthèse. Point d'exclamation. Point d'exclamation. Fermez la parenthèse. À trois heures.

Chapitre six

Vers minuit
Objet : Toi

Cher Leo, cette fois c'est moi qui te remercie (la première). Merci pour l'après-midi. Merci de m'avoir laissée jeter un œil, par une petite fente dans ton armoire à sentiments. Ce que j'ai pu voir m'a convaincu que tu étais celui que tes mails laissent deviner. Leo, je t'ai reconnu. Je t'ai retrouvé. Tu es le même. Tu es une seule et même personne. Tu es vrai. Je t'aime beaucoup ! Dors bien.

20 minutes plus tard
RÉP :

Chère Emmi, sur la paume de ma main gauche, à peu près au milieu, là où la ligne de vie, gênée par deux arcs de chair, se dirige vers l'artère, il y a un point de repère. Je le contemple, mais je ne le vois pas. Je le fixe, mais il est impossible à retenir. Je ne peux que le ressentir. Je le sens même avec les yeux

71

fermés. Un point de repère. Je le ressens si fort que j'en ai le vertige. Quand je me concentre sur lui, son effet se déploie jusque dans mes orteils. Il me picote, il me chatouille, il me réchauffe, il me bouleverse. Il me fouette le sang, il contrôle mon pouls, il fixe mon rythme cardiaque. Et dans ma tête, il déploie son effet enivrant comme une drogue, il amplifie mon état de conscience, il élargit mon horizon. Un point de repère. Je pourrais rire de bonheur tant il me fait de bien. Je pourrais pleurer de joie de le posséder, d'en être empli et comblé jusqu'au plus profond de mon être.

Chère Emmi, sur la paume de ma main gauche, à l'endroit de ce point de repère, un incident s'est produit cette après-midi dans un café, il devait être environ 16 heures. Ma main a voulu attraper un verre d'eau. Les doigts d'une autre, d'une délicate main ont jailli face à elle, ont tenté de freiner, tenté de se dérober, d'éviter la collision. Ils y sont presque arrivés. Presque. La douce phalange d'un doigt en mouvement s'est posée pendant une fraction de seconde sur la paume de ma main tendue vers le verre. Il y a eu un tendre frôlement. Je l'ai conservé. Personne ne peut me le prendre. Je te sens. Je te connais. Je te reconnais. Tu es la même. Tu es une seule et même personne. Tu es vraie. Tu es mon point de repère. Dors bien.

Dix minutes plus tard
RE :

Leo !!! C'était beau ! Où apprend-on à écrire comme cela ? Maintenant, il me faut un whiskey. Ne te dérange pas. Va dormir. Et n'oublie pas le point de repère. Le mieux serait que tu refermes ton poing gauche autour de lui. Comme cela, il sera protégé.

50 minutes plus tard
Objet : Trois whiskeys et moi

Cher Leo, nous sommes restés éveillés encore un moment, et nous avons parlé de toi, l'être physique. (Nous : trois petits whiskeys et moi.) Avec le premier whiskey, nous avons remarqué qu'en ma présence, tu te donnais beaucoup de mal pour contrôler tes mots, tes gestes, ton regard. Ce n'est pas nécessaire, jugeait le premier whiskey, qui me connaît bien. (Entre-temps, il a malheureusement été bu.) Le deuxième whiskey, lui aussi défunt depuis, a émis le soupçon que tu avais décidé depuis longtemps de ne jamais t'approcher plus près de moi que dans nos boîtes mail ou autour de la table d'un café bien éclairé, sécurisé par la présence de douzaines de témoins oculaires. Feu le deuxième whiskey a trouvé notre deuxième discussion dans ce cadre chaleureuse, cordiale, sincère, personnelle, presque intime, et même une demi-heure plus longue que prévu. Il y a selon lui de fortes chances pour que ce rendez-vous du dimanche au café se perpétue jusqu'à l'âge de la retraite, quand nous nous retrouverons pour faire ensemble une réussite ou même une partie de tarot, si nos compagnons jouent avec nous. (Je suis sûre que « Pam » est très douée.)

Enfin, le troisième whiskey, déjà un peu grivois, s'est demandé ce qu'il en était de tes sentiments corporels. (Avec grandiloquence, le whiskey les nommait « libido ». J'ai rétorqué qu'il n'était pas besoin d'aller aussi loin.) Il voulait savoir si je pensais vraiment que tu ne me trouvais attirante qu'avec 3,8 grammes de bordeaux dans le sang. En effet, à l'eau et au café, tu as perdu tout intérêt pour mon physique. J'ai riposté : « Whiskey, tu te trompes. Leo est un homme qui peut concentrer tous ses sentiments, quelles que soient leur nature et leur intensité, sur un seul point au milieu de la paume de sa main. En tout cas, c'est un homme à qui il ne viendrait jamais à l'idée de donner à une femme qui lui plaît l'impression qu'elle lui plaît, ou de lui dire en face : tu me plais ! Cela serait bien trop maladroit pour lui. » Là-dessus, le troisième whiskey a répliqué : « Il l'a probablement déjà dit mille fois à Pamela. » Sais-tu ce que j'ai fait du troisième whiskey, cher Leo ? Je l'ai exterminé. Et à présent, je vais dormir. Bonjour !

Le matin suivant
Objet : Eh bien, Emmi !

Qu'avais-tu écrit le jour qui avait suivi notre premier rendez-vous ? Je cite : « "Merci, Emmi", c'était médiocre, cher Leo. Très médiocre. Bien en dessous de tes capacités. »

Et hier soir, comment t'es-tu exprimée à propos de notre deuxième rencontre ? Je cite : « à l'eau et au café, tu as perdu tout intérêt pour mon physique ». – C'était médiocre, chère Emmi. Très médiocre. Bien en dessous de tes capacités.

Trois heures plus tard
RE :

Je suis désolée, Leo. Tu as raison, cette phrase est nulle. Si tu l'avais écrite, je te serais tombée dessus. Le mail entier est embarrassant. Vaniteux. Fade. Lèche-bottes. Hystérique. Aaaaaaah ! Mais crois-moi : CE N'ÉTAIT PAS MOI, C'ÉTAIENT LES TROIS WHISKEYS ! J'ai mal au crâne. Je vais me recoucher. Salut !

Le soir suivant
Objet : Bernhard

Je suis désolé, Emmi. Il faut que je te mette encore une fois face à tes mots (et à ceux de tes whiskeys). Et donc, je te demande, avec le sérieux et le manque d'humour qui me caractérisent : pourquoi devrais-je me montrer « intéressé par ton physique » ? Pourquoi devrais-je te dire en face : « Tu me plais » ? Pourquoi devrais-je m'approcher plus près de toi qu'autour de la table bien éclairée d'un café ? Tu ne peux pourtant pas vouloir que je tombe aussi « physiquement » (ou libidineusement, comme le dit l'alcool) amoureux de toi ! Que cela t'apporterait-il ? Je ne le comprends pas, et il faut que tu me l'expliques. Du reste, il faut que tu m'expliques d'autres choses, ma chère. Au café, tu as encore une fois esquivé mes questions avec élégance. Depuis des mois, oui, depuis Boston, tu évites le sujet. Mais à présent, je veux savoir. Oui, je veux vraiment savoir. Point d'exclamation, point d'exclamation, point d'exclamation, point d'exclamation.

Voici ma liste de questions numéro une : Comment va ton couple ? Comment cela se passe-t-il avec Bernhard ? Que font les enfants ? Comment vis-tu ? De quoi ta vie est-elle faite ? Liste de questions numéro deux : Pourquoi as-tu renoué le contact avec moi après Boston ? Que penses-tu aujourd'hui des circonstances qui ont provoqué notre séparation virtuelle ? Comment as-tu pu pardonner Bernhard ? Comment as-tu pu me pardonner ? Liste de questions numéro trois : De quoi as-tu besoin ? Que puis-je faire pour toi ? Que veux-tu faire avec moi ? Que veux-tu que je sois pour toi ? Comment devons-nous continuer ? Devons-nous continuer ? Jusqu'où ? Dis-le-moi, je t'en prie : JUSQU'OÙ ? Pour me répondre, prends tout ton temps, voilà au moins quelque chose dont nous ne manquons pas. Bonne soirée, Leo.

Cinq heures plus tard
Objet : Pression et Impression

Juste quelques mots sur mon inexistant ou invisible « intérêt pour ton physique », chère Emmi. Fais-le savoir à tes whiskeys passés et futurs : « Tu me plais. »

Je te le dis avec 0,00 gramme d'alcool dans le sang. C'est agréable de te voir. Tu es magnifique à regarder. Et par bonheur, je peux t'admirer quand je veux. Tu ne m'as pas seulement laissé des centaines d'impressions, tu m'as aussi laissé une douce pression. J'ai un point de contact dans ma paume. Je peux te voir dedans. Je peux même te caresser. Bonne nuit.

Trois minutes plus tard
RE :

Tu as toi-même répondu à ta question : « Que puis-je faire pour toi ? » Caresse mon point de contact. Mon adorable Leo !

Une minute plus tard
RÉP :

C'est ce que je fais. Je ne le fais pas pour toi, mais pour moi. Car je suis le seul à pouvoir sentir ce point, il m'appartient, mon adorable Emmi !

50 secondes plus tard
RE :

Erreur, mon adorable Leo ! Un point de contact appartient toujours à deux personnes. 1.) Celui qui est touché. 2.) Celui qui touche. Bonne nuit.

77

Trois jours plus tard
Objet : Liste de questions numéro une

Fiona va avoir 18 ans. L'année prochaine, elle aura fini l'école. J'ai décidé de ne plus parler que français et anglais avec elle, pour qu'elle s'entraîne. Depuis, elle ne me parle plus. Elle veut devenir hôtesse de l'air ou pianiste concertiste. Je lui propose une combinaison : musicienne dans l'avion, pianiste volante, elle n'aurait aucune concurrence. Elle est jolie, mince, de taille moyenne, blonde, elle a le teint pâle, couvert de tâches de rousseur, comme sa mère. Elle « sort » depuis six mois avec Gregor. Sortir avec Gregor signifie que toute personne de sexe masculin ou féminin avec qui elle fait la fête toute la nuit s'appelle « Gregor ». Officiellement, elle dort tous les soirs chez lui. Le pauvre n'en a malheureusement aucune idée et n'y gagne rien. Je lui demande : « Que faites-vous pendant tout ce temps ? » Alors, elle fait le sourire le plus vicieux qu'elle peut. Le « sexe » à l'état d'allusion reste la meilleure excuse pour les jeunes peu désireux de s'expliquer. Cela va de soi. Fiona n'a pas besoin de dire un mot sur le sujet. Elle doit juste supporter avec patience quelques monologues pédagogiques sur les façons de se protéger.

Jonas a quatorze ans. C'est encore un enfant. Il est sensible, affectueux. Sa mère lui manque, il a tant besoin de moi. Il maintient l'unité de la famille, fermement, en déployant une force extraordinaire. C'est à l'école qu'il manque d'énergie. Il me demande tous les deux jours si j'aime encore son père. Leo, tu n'as pas idée de la façon dont il me regarde dans ces cas-là.

Pour lui, il n'y a rien de plus beau que de nous voir heureux ensemble, et il est le centre de notre monde à tous les deux. Parfois, il me pousse carrément dans les bras de son père. Il veut recréer de force notre intimité. Il sent qu'elle disparaît peu à peu.

Bernhard, oui, Bernhard ! Que puis-je dire, Leo ? Pourquoi dois-je te le dire à toi, à toi précisément ? Il m'est déjà assez difficile de me l'avouer à moi-même. Notre relation est devenue plus distante. Ce n'est plus une affaire de cœur, c'est une pure discipline de l'esprit. Je n'ai rien à lui reprocher, malheureusement. Il ne montre jamais de points faibles. C'est l'homme le plus bienveillant et le plus généreux que je connaisse. Je l'aime bien. Je respecte son savoir-vivre. J'apprécie ses attentions. Je l'admire pour son calme et son intelligence.

Mais, non, ce n'est plus le « grand amour ». Peut-être cela ne l'a-t-il jamais été. Et pourtant, nous étions si heureux de le mettre en scène, de nous le jouer l'un à l'autre, de nous stimuler grâce à cela, de l'exhiber aux enfants, pour qu'ils se sentent à l'abri. Après douze ans sur les planches, nous nous sommes lassés de nos rôles d'époux parfaits. Bernhard est musicien. Il aime l'harmonie. Il a besoin d'harmonie. Il vit l'harmonie. NOUS la vivons en couple. J'avais décidé d'être une partie de l'ensemble. Si je me retire, je provoque la chute de tout ce que nous avions construit. Bernhard et les enfants ont déjà vécu un tel effondrement. Cela ne doit pas arriver une deuxième fois. Je ne peux pas leur faire cela. Je ne peux pas ME faire cela. Je ne me le pardonnerais jamais. Tu comprends ?

Un jour plus tard
Objet : Leo ?

Bonjour mon Leo, tu as perdu ta langue ? Ou bien, attends-tu patiemment les épisodes deux et trois de ma saga familiale ?

Cinq minutes plus tard
RÉP :

En parlez-vous ensemble, Emmi ?

Six minutes plus tard
RE :

Non, nous le taisons ensemble, Leo. C'est d'autant plus efficace. Nous ne savons que trop bien tous les deux ce qu'il se passe. Nous essayons d'en prendre notre parti. Leo, ne crois pas que je sois malheureuse comme les pierres. Mon corset m'est familier. Il me maintient et me protège. Je dois juste faire attention à ce que l'air ne me manque pas un jour.

Trois minutes plus tard
RÉP :

Emmi, tu as 35 ans !

80

Cinq minutes plus tard
RE :

Trente-cinq ans et demi. Et Bernhard a 49 ans.
Fiona 17. Jonas 14. Leo Leike a 37 ans. Hektor, le
bulldog de madame Krämer, a neuf ans. Et Wasiljew,
la petite tortue des Weissenbacher ? Il faudra que je
demande, rappelle-le-moi, Leo ! Mais que veux-tu
dire par là ? À 35 ans, suis-je trop jeune pour me
comporter de façon conséquente ? À 35 ans, suis-je
trop jeune pour assumer mes responsabilités ? Suis-je
trop jeune pour savoir ce que je me dois à moi-même
et à ceux que j'aime, les concessions que je dois faire
pour rester fidèle à ce que je suis ?

Quatre minutes plus tard
RÉP :

Quoi qu'il en soit, tu es trop jeune pour devoir
faire attention à ce que ton corset trop serré ne te
coupe pas la respiration un jour, mon Emmi.

Une minute plus tard
RE :

Tant que Leo Leike s'occupera de m'approvision-
ner en air frais avec ses mails de l'extérieur ou en live
autour d'un café, je ne suffoquerai pas.

Deux minutes plus tard
RÉP :

C'était une belle transition, Emmi. Puis-je te rappeler que beaucoup de mes questions sont encore sans réponse ? Les as-tu enregistrées, ou faut-il que je te les renvoie ?

Trois minutes plus tard
RE :

J'ai enregistré tout ce que tu m'as jamais écrit, mon Leo. Assez pour aujourd'hui. Bonne soirée, Leo ! Tu es un bon confident. Merci.

Le jour suivant
Objet : Liste de questions numéro trois

Je garde ton étrange liste de questions numéro deux pour la fin. Je préfère passer tout de suite au présent.

De quoi ai-je besoin, Leo ? – De toi. (Et ce, bien avant de savoir que tu existais.)

Que peux-tu faire pour moi, Leo ? – Être là. M'écrire. Me lire. Penser à moi. Caresser mon point de contact.

Ce que je veux faire avec toi, Leo ? – Cela dépend des moments de la journée. En général : t'avoir en tête. Parfois : en dessous aussi.

Ce que je veux que tu sois pour moi, Leo ? – La question est inutile. Tu l'es déjà.

Comment devons-nous continuer ? – Comme nous l'avons fait jusqu'à présent.

Devons-nous continuer ? – À tout prix.

Jusqu'où ? – Nulle part. Je veux juste que cela continue. Tu vis ta vie. Je vis ma vie. Et nous vivons le reste ensemble.

Dix minutes plus tard
RÉP :

Il ne restera plus grand-chose pour « nous », mon Emmi.

Trois minutes plus tard
RE :

Cela dépend de toi, mon Leo. J'ai d'importantes réserves.

Deux minutes plus tard
RÉP :

Des réserves d'insatisfaction. Je ne vais pas pouvoir les combler, mon Emmi.

50 secondes plus tard
RE :

Tu n'imagines pas ce que tu peux combler, mon Leo, ce que tu peux combler et ce que tu as déjà comblé. N'oublie pas : tu disposes de très lourdes armoires à sentiments. Il faut juste que tu les aères de temps en temps.

15 minutes plus tard
RÉP :

Voici ce que j'aimerais bien savoir : quelque chose a-t-il changé en toi depuis notre deuxième rendez-vous, Emmi ?

40 secondes plus tard
RE :

Et en toi ?

30 secondes plus tard
RÉP :

D'abord : en toi ?

20 secondes lus tard
RE :

Non, d'abord : en toi ?

84

Une minute plus tard
RÉP :

D'accord, d'abord : en moi. Mais avant, tu dois répondre aux questions qui sont restées en suspens. C'est une proposition honnête, mon Emmi.

Quatre heures plus tard
Objet : Liste de questions numéro deux

Très bien. Finissons-en :

1.) Pourquoi ai-je renoué le contact avec toi après Boston ? Pourquoi ? – Parce que les neuf mois de « Boston » ont été les pires neuf mois jamais écoulés depuis la division officielle des années en douze mois. Parce que l'homme des mots s'était glissé hors de ma vie en silence. Lâchement, par la petite porte de la boîte d'envoi, verrouillée par un des messages les plus cruels de la communication des temps modernes. Aujourd'hui encore, cette phrase me poursuit dans mes rêves (et parfois aussi dans ma boîte mail, quand la technologie m'en veut) : ATTENTION. ADRESSE MAIL MODIFIÉE, blablabla.

Leo, notre « histoire » n'était pas encore terminée. La fuite n'est pas un point final, ce n'est qu'une façon de le repousser. Tu le sais très bien. Sinon, tu ne m'aurais pas répondu neuf mois et demi plus tard.

2.) Ce que je pense aujourd'hui des circonstances qui ont provoqué notre séparation virtuelle ? – Leo, qu'est-ce que c'est que cette question ? De quelles circonstances parles-tu ? Cette histoire avec moi était trop pour toi, trop ou pas assez. Pas assez pour ton

85

investissement émotionnel, pour ta dépense d'illusions. Trop pour ce que tu en as retiré, pour ton gain réel. L'entreprise Emmi n'était plus rentable. J'avais épuisé ta patience. Voilà, cher Leo, les circonstances qui ont provoqué notre séparation virtuelle.

3.) Cela se corse : comment ai-je pu pardonner Bernhard ? Leo, j'ai relu cette question au moins vingt fois. Je ne la comprends pas, honnêtement. QU'EST-CE que j'aurais pu pardonner à Bernhard ? D'être mon mari ? D'avoir été un obstacle à notre amour par mail ? De t'avoir finalement poussé à la fuite par sa seule existence ? Leo, quel est le but de ta question ? Il faut que tu m'expliques.

4.) Bien, et pour conclure : comment ai-je pu te pardonner ? Ah, Leo. Je suis corruptible. Quelques jolis mails – et je te pardonne tout, même neuf mois et demi d'un silence éloquent. Fini !!

Dix minutes plus tard
Pas d'objet

Bien, mon Leo, et maintenant dis-moi si quelque chose a changé en toi depuis notre rendez-vous. (Et bien sûr : quoi.) Bisou sur la joue, caresse sur le point dans ta paume, Emmi.

Chapitre sept

Le soir suivant
Objet : Leo ?

Leo ?

Le matin suivant
Objet : Réveil

Leo ?
Leeeooo ?
Leo eo eo eo eo eo eo eeeeeeeeooooooooooo ??
Le e e e e e e e eeeeeeeeeeeeeeeeeeeeeeeeeeeeeeeee-
oooooooooo ???

Onze heures plus tard
Objet : Rendez-vous

Chère Emmi, pouvons-nous nous voir encore une
fois ? Il faut que je te dise quelque chose. C'est important, je pense.

Dix minutes plus tard
RE :

« Pam » est enceinte !

Trois minutes plus tard
RÉP :

Non, Pamela n'est pas enceinte. Pamela n'a rien à voir là-dedans.

As-tu un peu de temps demain ou après-demain ?

Une minute plus tard
RE :

Ça a l'air sérieux ! Si c'est une bonne nouvelle, que tu dois m'apporter personnellement de toute urgence, alors : oui, j'ai « un peu de temps » !

Deux minutes plus tard
RÉP :

Ce n'est pas une bonne nouvelle.

40 secondes plus tard
RE :

Dans ce cas, donne-la-moi par écrit. Mais s'il te plaît, fais-le aujourd'hui ! Demain, j'ai une journée difficile. Il faut que je dorme au moins quelques heures.

88

Deux minutes plus tard
RÉP :

Je t'en prie, Emmi, je préférerais que nous en parlions calmement dans les prochains jours. À présent, ne te casse pas la tête, et va te coucher. D'accord ?

40 secondes plus tard
RE :

Leo, je veux bien me DÉtendre. Mais je n'aime pas qu'on me fasse ATtendre. Pas toi. Pas de cette manière. Pas avec les mots « ne te casse pas la tête, et va te coucher ». Alors dis ce que tu as à dire !

30 secondes plus tard
RÉP :

Emmi, je t'en prie, crois-moi, le sujet n'a rien à faire dans un mail de bonne nuit. Il faut que nous en parlions l'un en face de l'autre. Nous n'en sommes pas à quelques jours près.

50 secondes plus tard
RE :

CLL, PTDS !!!
(Cher Leo Leike, parlez tout de suite !!!)

89

Dix minutes plus tard
RÉP :

OK, Emmi : Bernhard est au courant pour nous deux. Du moins, il était au courant. C'est pour cela que je me suis retiré.

Une minute plus tard
RE :

??? Leo, qu'est-ce que c'est que cette affirmation absurde ? De quoi Bernhard est-il censé être au courant ? Qu'y avait-il à savoir ? Et comment crois-tu être au courant ? Si quelqu'un devait le savoir, ce serait plutôt moi, je pense. Leo, j'ai l'impression que tu t'es construit une jolie petite théorie du complot. Je demande des explications !!

Trois minutes plus tard
RÉP :

Emmi, je t'en prie, demande à Bernhard ! JE T'EN PRIE, PARLE AVEC LUI ! Ce n'est pas à moi de t'expliquer cela, c'est à lui. Je ne savais pas qu'il ne t'en avait jamais parlé. Je ne pouvais pas l'imaginer. Je ne voulais pas le croire. Je pensais que tu ne voulais pas en discuter avec moi. Mais, apparemment, tu n'es vraiment pas au courant. Il ne te l'a toujours pas dit.

Deux minutes plus tard
RE :

Leo, je commence à me faire du souci pour toi.
As-tu de la fièvre ? Où ton imagination t'a-t-elle
emmené ? Pourquoi veux-tu que je parle de toi à
Bernhard ? Comment te représentes-tu la scène ?
« Bernhard, il faut qu'on parle. Leo Leike dit que tu
es au courant pour lui, pour lui et moi, en fait. Qui
est Leo Leike ? Tu ne le connais pas. C'est un homme
que je n'avais jamais vu, et dont je ne t'avais jamais
parlé. Tu ne peux donc pas le connaître. Pourtant, il
s'obstine à affirmer que tu sais pour lui, que tu sais
pour nous (...). »
Leo, je t'en prie, reprends-toi, tu me stresses !

Une minute plus tard
RÉP :

Il a lu nos mails. Ensuite, il m'a écrit un mail. Il
m'a demandé de te rencontrer une fois, puis de te
laisser à jamais tranquille. Après, j'ai accepté le poste
à Boston. Voilà l'histoire en bref. J'aurais préféré te
le dire en face.

Trois minutes plus tard
RE :

Non. Ce n'est pas possible. Cela ne ressemble pas
à Bernhard. Il ne ferait jamais une chose pareille. Dis
que ce n'est pas vrai. Non, c'est impossible. Leo, tu

n'as pas idée des dégâts que tu causes. Tu mens. Tu détruis tout. C'est une calomnie monstrueuse. Bernhard mérite mieux que ça. Pourquoi fais-tu cela ? Pourquoi brises-tu tout ce qu'il y a entre nous ? Ou alors, est-ce un coup de bluff ? Une plaisanterie ? Quel genre de plaisanterie est-ce là ?

Deux minutes plus tard
RÉP :

Chère Emmi, je ne peux plus revenir en arrière. Je m'en veux, mais il n'y avait que deux possibilités. Soit mon retrait et mon silence pour le restant de mes jours. Soit la vérité. Beaucoup trop tard. Un retard impardonnable. Impardonnable, je le sais. Je t'envoie en pièce jointe le mail que Bernhard m'a écrit il y a plus d'un an, le 17 juin, juste après son « accident cardiaque » pendant sa semaine de randonnée avec les enfants dans le Tyrol.
Objet : À l'attention de M. Leike

Cher monsieur Leike, je dois me faire violence pour vous écrire. Je suis gêné, je l'avoue, et à chaque ligne, l'embarras que je me cause à moi-même ne va faire que grandir. Je suis Bernhard Rothner, je pense que je n'ai pas besoin de me présenter plus que cela. Monsieur Leike, j'ai une requête à vous adresser. Vous allez être stupéfait, choqué peut-être, quand je la formulerai. Je vais essayer de vous expliquer mes raisons. Je ne suis pas très doué pour l'écriture, malheureusement. Mais je vais m'efforcer, dans ce mode d'expression qui m'est inhabituel, d'exposer ce qui me préoccupe depuis des mois, qui perturbe de plus en plus ma vie, ma vie et celle de ma famille, mais aussi celle de ma femme, oui, et je crois, après tant d'années d'un mariage harmonieux, être à même de l'affirmer.

Et voici ma requête : monsieur Leike, rencontrez ma femme ! Je vous en prie, faites-le, afin qu'elle ne soit plus hantée ! Nous sommes adultes, et je ne peux rien vous imposer. Je ne peux que vous implorer : rencontrez-la ! Je souffre de mon infériorité et de ma faiblesse. Je ne sais pas si vous imaginez à quel point c'est humiliant pour moi d'écrire de telles lignes. Vous, en revanche, vous n'avez pas montré le moindre point faible, monsieur Leike. Vous n'avez rien à vous reprocher. Et moi non plus je n'ai rien à vous reprocher, hélas, rien. On ne peut pas en vouloir à un esprit. Vous êtes insaisissable, monsieur Leike, intangible, vous n'êtes pas réel, vous n'existez que dans l'imagination de ma femme, vous êtes l'illusion d'un bonheur éternel, un vertige hors du monde, une utopie amoureuse faite de mots. Je ne peux rien contre cela, je suis réduit à attendre le moment où le destin se montrera miséricordieux et fera enfin de vous un homme en chair et en os, un homme tangible avec des contours, avec des forces et des faiblesses. Votre supériorité ne s'effacera que le jour où ma femme pourra vous voir comme elle me voit, une créature vulnérable, imparfaite, un simple être humain, avec ses défauts. Alors, seulement, je pourrai lutter contre vous, monsieur Leike. Alors, je pourrai me battre pour garder Emma.

« Leo, ne m'obligez pas à feuilleter mon album de famille », vous a écrit ma femme un jour. Je me vois contraint de le faire à sa place. Quand j'ai connu Emma, elle avait 23 ans, j'étais son professeur de piano au conservatoire, j'avais quatorze ans de plus qu'elle, un mariage solide, deux enfants charmants. Un accident de la route a fait de notre famille un champ de ruines, traumatisé mon fils de trois ans et gravement blessé la grande, m'a laissé des séquelles et a tué la mère des enfants, ma femme, Johanna. Sans le piano, je me serais effondré. Mais la musique est vie, tant qu'elle résonne, rien ne meurt. Quand il joue, le musicien vit ses souvenirs comme s'ils étaient l'instant présent. C'est grâce à cela que je me suis relevé. Et puis, il y avait aussi mes élèves, ils étaient une distraction, un devoir, une raison de vivre. Oui, et soudain il y a eu Emma. Cette belle jeune femme vive, pétillante et audacieuse a commencé à ramasser nos décombres, sans rien attendre en retour. Les êtres exceptionnels comme elle sont envoyés sur terre pour combattre la tristesse. Il y en a très peu. Je ne sais pas ce que j'ai fait pour la mériter : mais, soudain, je l'ai eue à mes côtés. Les enfants ont trouvé refuge auprès d'elle, et je suis tombé fou amoureux.

Et elle ? Je sais ce que vous allez vous demander, monsieur Leike : bien, mais Emma ? Elle, l'étudiante de 23 ans, est-elle aussi tombée amoureuse de ce chevalier servant à la silhouette triste, presque quadragénaire, qui à l'époque ne savait plus rien faire d'autre que des notes ? Moi-même, je ne connais pas la réponse à cette question. Était-ce de l'admiration pour ma musique (j'avais beaucoup de succès, j'étais un concertiste très apprécié) ? Était-ce de la pitié, de la compassion, l'envie d'aider, la possibilité d'être présente à un moment difficile ? Voyait-elle en moi son père, qui l'a quittée trop tôt ? À quel point s'était-elle attachée à l'adorable Fiona et au délicieux petit Jonas ? Était-ce dû à ma propre euphorie qui se reflétait en elle, était-elle amoureuse non de moi, mais des sentiments indomptables que j'avais pour elle ? Savourait-elle l'assurance que je ne la décevrais jamais à cause d'une autre femme, que cela durerait toute une vie, que je lui serais à jamais fidèle ? Croyez-moi, monsieur Leike, je n'aurais jamais osé m'approcher d'elle si je n'avais pas senti qu'elle venait à ma rencontre avec des sentiments aussi forts que les miens. Il était évident qu'elle se sentait attirée par moi et par les enfants, qu'elle voulait faire partie de notre monde, et elle en est devenue un élément essentiel, le plus important, le cœur de notre univers. Deux ans plus tard, nous nous sommes mariés. C'était il y a huit ans. (Pardon, j'ai gâché votre jeu de cache-cache, j'ai dévoilé un des nombreux secrets : la « Emmi » que vous connaissez a 34 ans.) Jour après jour, je n'ai cessé de m'émerveiller de la présence à mes côtés de cette jeune beauté si énergique. Et jour après jour, j'ai attendu avec angoisse que cela « arrive », que se présente un homme plus jeune, un de ses nombreux soupirants et admirateurs. Emma me dirait alors : « Bernhard, je suis amoureuse d'un autre. Qu'allons-nous faire ? » Ce traumatisme ne s'est pas réalisé. Mais il est arrivé bien pire. Vous, monsieur Leike, le paisible « monde extérieur », l'illusion d'amour par mail, l'émotion toujours croissante, le désir grandissant, la passion inassouvie qui convergent vers un seul point, réel en apparence seulement, une apothéose toujours repoussée, le rendez-vous ultime qui n'aura jamais lieu car il dépasserait la dimension du bonheur humain, vous, l'épanouissement parfait, sans fin, sans date d'expiration, qui n'est possible qu'en imagination. Je ne peux rien contre cela.

Monsieur Leike, depuis que vous êtes « là », Emma est comme transformée. Elle est dans la lune, elle est distante avec moi. Elle reste assise pendant des heures dans sa chambre et fixe son ordinateur, le cosmos de son rêve. Elle vit dans son « monde extérieur », elle vit avec vous. Cela fait longtemps que ses sourires ne s'adressent plus à moi. Elle parvient à grand-peine à cacher son éloignement aux enfants. Je remarque avec quelles difficultés elle se force à rester plus longtemps près de moi. Savez-vous à quel point cela fait mal ? J'ai essayé de laisser passer cette phase avec tolérance. Je ne veux pas qu'Emma se sente enfermée. Il n'y a jamais eu de jalousie entre nous. Mais, soudain, je me suis trouvé désemparé. Il n'y avait rien ni personne, aucun être réel, aucun problème concret, aucun intrus évident – jusqu'à ce que je découvre la cause de son attitude. J'ai tellement honte d'avoir dû en arriver là que j'aimerais disparaître sous terre : j'ai fouillé dans la chambre d'Emma. Et, dans un coffre bien caché, j'ai trouvé une chemise, une épaisse pochette remplie de feuilles : ses échanges de mails avec un certain Leo Leike, imprimés avec soin, page par page, message par message. Les mains tremblantes, j'ai photocopié le tout, puis j'ai réussi à ne plus y toucher pendant plusieurs semaines. Nos vacances au Portugal ont été horribles. Le petit était malade, la grande est tombée folle amoureuse d'un professeur de sport. Ma femme et moi, nous ne nous sommes pas parlé pendant deux semaines, mais, par habitude, nous nous sommes comportés l'un avec l'autre comme si tout allait bien, comme si rien n'avait changé. Je n'ai pas pu supporter cela plus longtemps. Quand je suis parti faire de la randonnée, j'ai emmené la pochette avec moi – et, dans un élan autodestructeur, saisi par une envie masochiste de souffrir, j'ai lu tous les mails en une nuit. Je n'avais pas connu autant de tourments depuis la mort de ma première femme, je vous assure. À la fin de ma lecture, je n'arrivais plus à me lever. Ma fille a appelé les secours, on m'a emmené à l'hôpital. Ma femme est venue me chercher avant-hier. Voilà, vous connaissez toute l'histoire.

Monsieur Leike, je vous en prie, rencontrez Emma ! J'en arrive au point le plus pitoyable de mon humiliation : oui, rencontrez-la, passez une nuit avec elle, couchez avec elle ! Je sais que vous en aurez envie. Je vous le « permets ». Je vous donne carte blanche, je vous délivre de tout scrupule, je ne considérerai pas cela comme de l'adultère. Je sens qu'Emma recherche avec vous une proximité non seulement spirituelle mais aussi corporelle, elle veut « savoir », elle croit en avoir besoin, elle en a envie. C'est l'étincelle, la nouveauté que je ne peux pas lui offrir. Emma a été adorée et convoitée par beaucoup d'hommes, jamais il ne me serait venu à l'esprit qu'elle se sentait attirée par l'un d'eux. Mais j'ai vu les mails qu'elle vous écrivait. Et soudain j'ai découvert la force

de son désir, une fois éveillé par « la bonne personne ». Vous, monsieur Leike, vous êtes celui qu'elle
a choisi. Et j'en viens presque à le souhaiter : couchez
une fois avec elle. UNE FOIS – j'utilise exprès des
majuscules pressantes, comme ma femme. UNE FOIS.
UNE SEULE FOIS ! Que cela soit le terme de la passion
que vous avez fait naître par écrit. Faites-en le point
final. Offrez une apothéose à votre échange de mails
– puis, mettez-y fin. Intouchable extraterrestre, ren-
dez-moi ma femme ! Libérez-la. Ramenez-la sur terre.
Laissez vivre notre famille. Pas pour me faire plaisir,
pas pour mes enfants. Pour l'amour d'Emma. Je vous
en prie !

C'est la fin de mon appel à l'aide humiliant et
douloureux, de mon atroce recours en grâce. J'ai une
dernière requête, monsieur Leike. Ne me trahissez
pas. Laissez-moi en dehors de votre histoire. J'ai
abusé de la confiance d'Emma, je l'ai trompée, j'ai lu
son courrier privé, intime. J'en ai subi les conséquences. Je ne pourrais plus la regarder dans les yeux
si elle apprenait que j'ai fouillé dans ses affaires. Elle
ne pourrait plus me regarder dans les yeux si elle
savait ce que j'ai lu. Elle nous haïrait, elle et moi, tout
autant. S'il vous plaît, monsieur Leike, épargnez-nous
cela. Ne lui dites rien de cette lettre. Et encore une
fois : je vous en prie !

Bien, et à présent j'envoie le message le plus atroce
que j'aie jamais rédigé. Avec toute ma considération,
Bernhard Rothner.

Chapitre huit

Trois jours plus tard
Objet : Emmi ?

Emmi ?
(Je n'attends pas de réponse à cette question. Je veux seulement que tu saches que je me la pose soixante secondes par minute.)

Deux jours plus tard
Pas d'objet

Peut-être me méprises-tu pour chaque mot que je t'ai écrit à l'époque. Peut-être me hais-tu pour chaque mot que je continue de t'envoyer. Mais je ne peux pas faire autrement. Comment vas-tu, Emmi ? J'aimerais tant être là pour toi. J'aimerais tant faire pour toi quelque chose d'utile. J'aimerais tant savoir ce que tu penses et ce que tu ressens. J'aimerais tant penser et ressentir avec toi. J'aimerais tant prendre la moitié de tout cela sur mes épaules, aussi désagréable que ce soit.

99

Deux jours plus tard
Pas d'objet

Faut-il que j'arrête de t'écrire ?

Un jour plus tard
Pas d'objet

Qu'est-ce que ça veut dire, Emmi ? Qu'est-ce que cela signifie :
Tu ne sais pas toi-même si tu veux que je t'écrive.
Cela t'est égal que je t'écrive.
Tu ne veux vraiment pas que je t'écrive.
Tu ne lis plus mes mails.

Trois jours plus tard
Objet : Vent du nord

D'accord Emmi, j'ai compris, je ne t'écrirai plus. Au cas où (…) vent du nord (…) tu sais que (…) toujours.
Toujours, toujours, toujours, toujours, toujours !
Je t'embrasse. Ton Leo.

Cinq heures plus tard
RE :

Bonjour Leo, tu dors déjà ?

100

Trois minutes plus tard
RÉP :

EMMI !!! MERCI !!!

Comment vas-tu ? Je t'en prie, dis-le-moi ! Je ne pense qu'à cela. Je devais terminer un rapport de recherche, je suis assis depuis des heures devant mon écran, je fixe la barre d'outils avec la petite enveloppe, et j'attends un miracle à quatre lettres. Il est arrivé. Je n'arrive pas à le croire. EMMI. Tu es revenue !

30 secondes plus tard
RE :

Je peux venir chez toi ?

Une minute plus tard
RÉP :

Pardon, Emmi ? Ai-je mal lu ? Tu veux venir « chez moi » ? Chez moi, dans mon appartement ? L'appartement 15 ? Pourquoi ? Quand ?

20 secondes plus tard
RE :

Maintenant.

101

50 secondes plus tard
RÉP :

Chère Emmi, tu es sérieuse ? Tu ne vas pas bien ?
Tu veux en parler ? Bien sûr que tu peux venir. Mais
il est deux heures du matin. Ne préfères-tu pas que
nous nous voyions demain ? Nous aurons plus de
temps et les idées plus claires. (Moi, du moins.)

20 secondes plus tard
RE :

Je peux venir, oui ou non ?

Une minute plus tard
RÉP :

Tu as l'air menaçante, mais oui, bien sûr, Emmi,
tu peux venir !

30 secondes plus tard
RE :

As-tu du whiskey, ou faut-il que j'en amène ?

40 secondes plus tard
RÉP :

J'ai du whiskey. La bouteille est aux trois quarts
pleine. Ça suffit ? Emmi, par hasard, tu ne voudrais

pas me dire dans quel état d'esprit tu es ? Juste pour
que je puisse me préparer.

20 secondes plus tard
RE :

Tu le comprendras vite. À tout de suite !

40 secondes plus tard
RÉP :

À tout de suite !

Le soir suivant
Objet : Le fond

Chère Emmi, je ne crois pas que tu ailles mieux
aujourd'hui, ni mieux qu'hier ni mieux que moi. Nos
propres blessures ne diminuent pas quand on a
l'obsession de les partager avec ceux qui les ont
causées. Celui qui fait payer aux autres se retrouve
toujours plus malheureux après. Ton entrée dramatique, le déni de ta timidité, la négation de tes
angoisses, ton « désir passionné », auquel – tu le
savais bien – je ne pourrais et ne voudrais pas me
soustraire, ton plan parfaitement établi, ta façon
d'aller jusqu'au bout puis d'abandonner, comme si
l'intimité était la chose la plus insignifiante du monde,
ton départ bien calculé, ta volatilisation profession-
nelle – ce n'étaient pas des représailles, mais une

103

action désespérée. Après, ton regard disait : « Voilà ce que tu voulais depuis le début. Tu l'as eu. » Non, ce n'est pas ce que je voulais, et tu le sais ! Nous n'avions jamais été à la fois si proches et si éloignés. Nous avons touché le fond. Emmi, tu ne peux pas me tromper. Tu n'es pas la femme sûre d'elle, fière et froide qui peut transformer de cette façon un outrage en victoire.

Ton silence seul m'a vraiment puni. Ce qui nous avait unis et liés l'un à l'autre jusqu'à aujourd'hui, c'était – les mots. Emmi, si tu tiens encore un peu à moi, parle-moi ! Leo.

Trois heures plus tard
RE :

Des mots, c'est cela que tu veux ? D'accord, j'en ai plein la bouche, je te les envoie, je n'ai plus rien à faire avec.

Tu as raison, Leo. Je voulais le prouver à Bernhard. Je voulais te le prouver. Je voulais me le prouver. Je peux tromper. Mieux encore, je peux tromper Bernhard. Mieux encore, je peux tromper Bernhard avec TOI. Mieux encore, la plus belle des performances, je peux me tromper moi-même, oui, c'est ce que je fais le mieux. Merci, d'ailleurs, d'avoir « joué le jeu ». Je sais, Leo, que ce n'était pas ta libido, mais de la compassion. Tu m'avais proposé de prendre sur tes épaules la moitié de mon mal-être. La situation était tendue, mais tu t'es acquitté de cette tâche avec bra-

104

voure hier matin. Lit partagé – lit divisé. Peine partagée – peine redoublée.

Tu as raison, Leo. Je ne vais pas mieux aujourd'hui. Je vais encore plus mal qu'avant.

Leo, tu ne peux pas t'imaginer ce que « vous » m'avez fait. Je me sens trahie et vendue. Mon mari et mon amant virtuel avaient conclu un pacte derrière mon dos : si l'un voulait me toucher, l'autre fermerait exceptionnellement les yeux. Si l'un disparaissait pour toujours, l'autre pourrait me garder à jamais.

L'un me rend à mon mari comme un objet trouvé à son légitime propriétaire. En échange, l'autre m'accorde le « contact tangible » – une aventure sexuelle avec ce qui n'était qu'une illusion d'amour virtuelle, il m'offre presque en récompense. Juste partage, répartition parfaite, plan perfide. Et cette idiote d'Emmi, déchirée entre sa famille et l'envie d'une liaison, n'en apprendra jamais un traître mot. Hé oui !

Leo, je n'arrive pas encore à évaluer ce que cela signifie pour Bernhard et moi. Tu ne l'apprendras sans doute jamais. Ce que cela signifie pour « nous » deux ? Je peux te le dire tout de suite. Et pour toi, qui parvient comme personne à lire en moi, pour toi il ne pouvait pourtant y avoir aucun doute, si ? Leo, ne sois pas naïf. Il n'y a pas de « miracle à quatre lettres ». Il n'y a qu'une conséquence logique, en trois lettres cette fois. Nous avons eu peur d'elle si souvent. Nous l'avons longtemps repoussée, ignorée et contournée. À présent, elle nous a rattrapés, et c'est à moi de l'annoncer : FIN.

Chapitre neuf

Trois mois plus tard
Objet : Oui, moi

Bonjour Leo. L'infirmière diplômée de ma psyché écorchée pense que je pourrais te demander comment tu vas. Donc, comment vas-tu ? Quelles nouvelles puis-je apporter à ma thérapeute pleine de sollicitude ? Pas : ATTENTION. ADRESSE MAIL MODIFIÉE (…) quand même ? Bise, Emmi.

Trois jours plus tard
Objet : Moi, encore une fois

Bonjour Leo, je viens d'avoir ma thérapeute au téléphone et je lui ai lu le mail que je t'ai écrit mardi. Elle dit qu'il ne faut pas que je m'étonne de ne pas recevoir de réponse. Moi : « Je ne m'étonne pas. » Elle : « Mais vous voulez quand même savoir comment il va. » Moi : « Oui. » Elle : « Dans ce cas, demandez-le-lui de façon à avoir une chance de l'apprendre. » Moi : « Ah, bien. Mais comment faut-il

107

que je le demande ? » Elle : « Amicalement. » Moi :
« Mais je ne me sens pas d'humeur très amicale. »
Elle : « Si, vous vous sentez d'humeur plus amicale
que vous ne voulez vous l'avouer. Mais vous ne voulez
pas qu'il pense que vous êtes d'humeur amicale. »
Moi : « Je me fiche de ce qu'il pense. » Elle : « Vous
savez très bien que ce n'est pas vrai ! » Moi : « Vous
avez raison. Vous êtes douée pour lire l'âme
humaine. » Elle : « Merci, c'est mon métier. » Moi :
« Alors, qu'est-ce que je dois faire ? » Elle : « Premièrement : faites ce que vous pensez être bien pour vous.
Deuxièmement : demandez-lui amicalement comment
il va. »

Cinq minutes plus tard
Objet : Moi, encore une deuxième fois

Bonjour Leo, cette fois de façon tout à fait amicale :
ça va ?

Je peux être plus amicale : bonjour Leo, comment
vas-tu ?

Et un degré plus amicale encore : Cheeeeer Leo,
comment vas-tu, coooooooomment vas-tu, comment
vas-tu donc, comment s'est passé Noëëël, que t'a
amené l'aaaaannée nouvelle, comment va la viiiie,
comment va l'amouuuuur, comment va « Pam », pardon, Paaamêêêla ? Plus amicalement que jamais,
Emmi.

108

Deux heures plus tard
Objet : Moi, encore une troisième fois

Bonjour Leo, c'est encore moi. Je t'en prie, oublie les sottises que je t'ai imposées tout à l'heure. Mais faut-il que je t'avoue quelque chose ? (C'est ma citation préférée de Leo. En l'utilisant, je t'imagine toujours ivre mort.) Faut-il que je t'avoue quelque chose ? – Écrire me fait du bien !

Demain, je dirai à ma thérapeute que je t'ai écrit qu'écrire me faisait du bien. Elle répliquera : « Ce n'était qu'à moitié vrai. » Moi : « Qu'est-ce qui aurait été entièrement vrai ? » Elle : « Pour être exacte, vous auriez dû dire : T'écrire me fait du bien. » Moi : « De toute façon, je n'écris à personne d'autre. Si j'écris qu'écrire me fait du bien, alors automatiquement, je veux dire que LUI écrire me fait du bien. » Elle : « Cela, il ne le sait pas. » Moi : « Si, il me connaît. » Elle : « Cela m'étonnerait. Vous ne vous connaissez pas vous-même, sinon vous n'auriez pas atterri chez moi. » Moi : « Vous facturez combien de l'heure déjà pour m'insulter ? »

Leo, autour de moi tout est en train de changer, seuls les caractères que je tape ici sont les mêmes. Cela me fait du bien de les retrouver, de m'y retrouver. J'ai l'impression d'être fidèle à moi-même au moins de cette façon. Tu n'es pas obligé de me répondre. Je crois qu'il serait même mieux que tu ne le fasses pas. Notre train commun est parti, « Boston » (et ce qui y a mené) m'a jetée sur le quai avec un an de retard. Je suis assise dans le compartiment lugubre d'un tout nouveau wagon, et j'essaie pour l'instant de me repérer. Je ne sais pas où me mène le voyage, les arrêts ne sont pas encore indiqués, la direction n'est que vaguement fixée. Quand je regarde par la vitre dépolie de la petite fenêtre, devant laquelle défile le paysage, j'aimerais parfois pouvoir te dire si je reconnais quelque chose, et ce que cela pourrait être. D'accord ? Je sais qu'avec toi, mes impressions sont entre de bonnes mains. Et si, un jour, tu veux me raconter ton propre trajet, ton expérience dans le « Pam » express – j'écoute. Bon : salut, et couvre-toi bien, l'hiver semble de retour. Les courants d'air frais engourdissent la gorge et rétrécissent le champ de vision. On regarde seulement en face, vers le but supposé du trajet, et pas sur les côtés, où se trouvent les instants qui mériteraient que l'on remette le voyage en question. Emmi.

Deux jours plus tard
Objet : Dis-moi seulement...

... ce que tu fais de mes mails.
a. tu les effaces sans les lire.
b. tu les lis et tu les effaces.
c. tu les lis et tu les gardes.
d. tu ne les reçois pas.

Cinq heures plus tard
RÉP :

c

110

Le matin suivant
Objet : Bon choix !

Le meilleur choix possible, Leo ! Et cette façon si détaillée de le décrire, de le justifier, de le mettre en forme ! Ah, ta réponse t'a-t-elle donné une crampe et une tendinite au poignet, ou vas-tu ajouter quelque chose ? Amicalement, Emmi.

Deux jours plus tard
Objet : Analyse du C

Bonjour Leo, tu savais bien sûr à quel point le premier et unique caractère que tu m'aies envoyé depuis seize semaines stimulerait mon imagination. Qu'a voulu dire Leo Leike, le psychologue du langage, avec sa réponse ? Quel était son but ?

a. A-t-il voulu gagner une place dans mon livre personnel de ses records avec le plus petit signe de vie jamais donné par écrit ?

b. S'est-il imaginé que la destinataire du c méditerait pendant une heure avec sa psychothérapeute sur la différence entre « c » avec point et « c » nu, à l'état de nature, tel qu'exprimé par Leike ?

c. A-t-il voulu, de façon aussi perfectionniste que minimaliste, me signaler sa « présence », pour se rendre (encore une fois) plus intéressant qu'il ne semble convenir à la situation ?

d. Ou s'est-il intéressé seulement au contenu ? Voulait-il dire par là : oui, je lis Emmi, je conserve même Emmi, mais je ne lui écrirai plus jamais ? Et j'ai la politesse de lui en faire part. Je fais un signe, même rachitique, un signe, le plus petit possible, mais enfin – un signe. Je lui envoie une bague pour volaille d'élevage à moitié grignotée. C'était ça ?

Dans l'attente d'une autre lettre de l'alphabet, Emmi.

Trois heures plus tard
RÉP :

À moi de te poser une question, chère Emmi : quand tu dis FIN sur un ton définitif (comme il y a seize semaines, le jour d'après, tu te rappelleras peut-être après quoi), que veux-tu dire par là ?

   a. FIN ?
   b. FIN ?
   c. FIN ?
   d. FIN ?

Et pourquoi ne te tiens-tu ni à a., ni à b., ni à c., ni à d. ?

30 minutes plus tard
RE :

   1. Parce que j'aime bien écrire.
   2. D'accord : parce que j'aime bien T'écrire.
   3. Parce que ma thérapeute dit que cela me fait du bien, et elle doit s'y connaître, elle a étudié le sujet.
   4. Parce que j'étais curieuse de savoir combien de temps tu tiendrais sans me répondre.
   5. Parce que j'étais encore plus curieuse de savoir

112

comment serait ta réponse. (Je l'admets : je n'aurais jamais imaginé que ce serait « c ».)

6. Parce que j'étais et suis toujours encore plus curieuse de savoir comment tu vas.

7. Parce qu'une telle curiosité vis-à-vis de l'extérieur améliore l'atmosphère ici, l'atmosphère de mon nouvel appartement stérile, vide et exigu, au piano muet et aux murs nus, qui m'envoient sans cesse au visage des points d'interrogation perplexes. Un appartement qui m'a rejetée d'un coup quinze ans en arrière, sans me faire rajeunir de quinze ans pour autant. Maintenant, à 35 ans, je me retrouve en bas, dans la cage d'escalier d'une jeune de 20 ans. Maintenant, il s'agit de remonter les nombreuses marches.

8. Où en étions-nous ? Ah oui, à « fin », pourquoi je ne me tiens pas à « fin » quand je dis « fin » : parce qu'aujourd'hui, je vois certaines choses un peu différemment d'il y a seize semaines, de façon moins définitive.

9. Parce que, justement, la fin n'est pas la fin n'est pas la fin n'est pas la fin, Leo. Parce qu'au final, toute fin est aussi un commencement.

Bonne fin de soirée. Et merci de m'avoir écrit !
Emmi.

Dix minutes plus tard
RÉP :

Tu as déménagé, Emmi ? Tu t'es séparée de Bernhard ?

113

Deux heures plus tard
RE :

J'ai déménagé, j'ai pris un peu de recul. Je me suis éloignée de Bernhard. Maintenant, la distance qui nous sépare est à peu près cohérente avec notre relation de ces deux dernières années. Je fais tout pour que les enfants n'en souffrent pas. Je veux continuer à être là pour eux quand ils ont besoin de moi. Jonas vit mal cette nouvelle situation. Tu devrais voir son regard quand il me demande : « Pourquoi est-ce que tu ne dors plus à la maison ? » Je réponds : « En ce moment, nous ne nous entendons pas très bien papa et moi. » Jonas : « Mais la nuit, ça n'a pas d'importance. » Moi : « Pas quand on n'est séparés que par un mur tout fin. » Jonas : « Dans ce cas, on peut échanger nos chambres. Ça ne me dérange pas de partager un mur tout fin avec papa. » – Que peut-on répondre à cela ?

Bernhard a compris ses erreurs et ses défaillances. Il a honte. Il est contrit, accablé, à bout. Il essaie de sauver ce qui reste à sauver. J'essaie de savoir s'il reste quelque chose à sauver. Nous avons beaucoup parlé ces derniers mois, quelques années trop tard malheureusement. Pour la première fois, nous avons regardé derrière la façade de notre relation : tout est moisi et délabré. Nous n'y avons jamais travaillé, nous n'avons jamais nettoyé, jamais aéré, tout est en ruine, les dégâts sont immenses. Une réparation est-elle possible ?

Nous avons aussi beaucoup parlé de toi, Leo. Mais je ne te raconterai cela que si tu en as envie. – (Comme tu en auras envie, évidemment, nous allons rester en contact par mails. Voilà mon plan !) Je ne veux pas t'importuner, mais ma thérapeute est persuadée que tu me fais du bien. Elle me dit : « Je ne comprends pas pourquoi vous payez aussi cher pour passer des heures avec moi. Avec votre Leo Leike, vous avez tout cela gratuitement. Donc faites-moi le plaisir d'être aux petits soins avec lui ! » Donc je lui fais le plaisir d'être aux petits soins avec toi, cher Leo. Et tu es cordialement invité à l'être un peu avec moi. Bonne nuit.

Le soir suivant
Pas d'objet

Chère Emmi, je suis honoré que ta thérapeute me croie capable de la remplacer. (« Gratuitement » serait déraisonnable, mais je te ferai un bon prix.) Et je me réjouis bien sûr qu'elle soit persuadée que je te fais du bien. Mais je t'en prie, aie la gentillesse de lui demander si elle peut m'assurer que TU me fais du bien.

Je t'embrasse, Leo.

Une heure plus tard
RE :

Elle ne pense qu'à mon bien-être, pas au tien, cher Leo. Si tu ne sais pas ce qui est bon pour toi, et si tu veux le savoir, il faut que tu te trouves ton propre thérapeute. Je te conseillerais bien de le faire d'ailleurs,

115

mais cela te demanderait sûrement un trop grand investissement.

Bonne soirée, Emmi.

PS : Ah, Leo, j'aimerais tant savoir comment tu vas. Ne veux-tu pas m'en parler un petit peu ? Ne peux-tu pas faire une ou deux allusions ? S'il te plaît !!

Une demi-heure plus tard
RÉP :

Allusion n° 1 : je suis enrhumé depuis trois semaines.

Allusion n° 2 : je ne suis plus seul que pour trois semaines.

Application pratique de l'allusion n° 2 : Pamela (« Pam ») arrive. Et va rester.

Dix minutes plus tard
RE :

Eh bien, en voilà une surprise ! Félicitations Leo, tu l'as bien mérité ! (Je veux dire « Pam » bien sûr, pas le rhume.) Bise, Emmi.

Cinq minutes plus tard
RÉP :

La question que nous nous étions posée il y a quelques mois, et à laquelle nous n'avions jamais répondu me revient. C'était : quelque chose a-t-il

116

changé en toi depuis notre rendez-vous ? – Pour ma
part : oui ! Depuis que j'ai ton visage en tête quand
je lis tes lignes, je comprends beaucoup plus vite de
quelle humeur tu es quand tu m'écris, et l'intention
que tu mets derrière tes mots, quand elle est clairement différente de ce que tu écris. Je vois tes lèvres
qui laissent les mots s'échapper. Je vois tes pupilles
voilées qui commentent le processus. Tout à l'heure,
tu as écrit : « Eh bien, en voilà une surprise ! Félicitations Leo, tu l'as bien mérité ! » Et tu veux dire :
« Oh, quelle désillusion ! Mais c'est ta faute, Leo, tu
n'as visiblement pas mérité mieux. » Entre parenthèses, tu remarques en plaisantant : « Je veux dire
"Pam" bien sûr, pas le rhume. » Et c'est une façon
amère et méchante de dire : « Mieux vaut un rhume
de trois semaines qu'un temps indéfini avec cette
"Pam" ! » – Je me trompe ?

Trois minutes plus tard
RE :

Non Leo, je suis peut-être parfois amère, mais je
ne suis pas méchante. Je suis persuadée que « Pam »
est une femme intéressante et qu'elle te fait plus de
bien que n'importe quel rhume des foins. Tu peux
m'envoyer une photo d'elle ?

Une minute plus tard
RÉP :

Non, Emmi.

30 secondes plus tard
RE :

Pourquoi non ?

Deux minutes plus tard
RÉP :

Parce que je ne vois pas ce que tu en ferais. Parce que son apparence n'a aucune importance pour toi. Parce que je ne veux pas que tu compares ton physique au sien. Parce que je suis fatigué. Parce que je vais aller me coucher. Bonne nuit, Emmi.

Une minute plus tard
RE :

Leo, tu sembles réticent et irrité. Pourquoi ? 1. Est-ce moi qui te tape sur les nerfs ? 2. N'es-tu pas heureux ? 3. Ou n'as-tu pas de photo d'elle ?

20 secondes plus tard
RÉP :

Non.
Si.
Si.
Bonne nuit !

Chapitre dix

Le soir suivant
Objet : Pardon

Je suis désolé si j'ai été grossier. En ce moment, je ne suis pas dans ma plus grande forme. Je t'écrirai plus tard ! Je t'embrasse, Leo.

Deux heures plus tard
RE :

Pas de problème. Écris-moi quand tu veux m'écrire. Tu n'es pas obligé d'être dans ta plus grande forme. Je me satisferais de ta deuxième plus grande. Emmi.

Trois jours plus tard
Objet : Ma forme

Chère Emmi, pourquoi ai-je depuis trois jours l'impression (parfois très pénible) que tu attends avec

119

impatience que je t'explique enfin dans quelle mesure je ne suis pas dans ma plus grande forme ? Bise, Leo.

Quatre heures plus tard
RE :

Peut-être parce que tu ressens le besoin de me l'expliquer. Si tu tiens absolument à me l'expliquer, alors fais-le, et arrête de tourner autour du pot !

Dix minutes plus tard
RÉP :

Non Emmi, je ne ressens pas du tout le besoin de te l'expliquer. D'ailleurs, je ne peux pas te l'expliquer, car je ne me l'explique pas à moi-même. Paradoxalement pourtant, j'ai l'impression de te devoir une explication. Comment expliques-tu cela ?

Huit minutes plus tard
RE :

Aucune idée, Leo. Peut-être as-tu soudain développé vis-à-vis de moi une pulsion explicative paranoïde. (Ce serait d'ailleurs un trait inédit chez toi.) Si tu veux, je demanderai à ma thérapeute si elle connaît un bon spécialiste en pulsions explicatives.

Juste pour te décrisper : tu n'es pas obligé de m'expliquer pourquoi « en ce moment tu n'es pas dans ta plus grande forme ». Je le sais déjà.

Trois minutes plus tard
RÉP :

Fantastique, Emmi. Dans ce cas, explique-le-moi, s'il te plaît !

20 minutes plus tard
RE :

Tu es agité à cause de (« ... »), d'accord, à cause de Pamela. À Boston, tu étais invité chez elle. Après Boston, elle était invitée chez toi. Ou vous étiez en même temps et chacun votre tour invités l'un chez l'autre, à Londres ou ailleurs, peu importe le nom des décors. À présent, la relation de proportionnalité amoureuse va changer en même temps que la géographie. Elle vient chez toi et va y rester. La relation à distance va devenir une relation de proximité. Ce qui signifie : la banalité du quotidien entre tes quatre murs au lieu de la pension complète d'un hôtel de charme. Laver les vitres et mettre des rideaux propres au lieu de jeter des regards languissants dans le lointain d'un paysage idéal. D'ailleurs, elle ne vient pas seulement chez toi. Elle vient à cause de toi. Elle vient pour toi. Elle parie sur toi. Tu endosses une responsabilité. Bien entendu, cette idée te stresse. Tu as peur de l'incertitude, le sentiment désagréable que tout pourrait soudain changer entre vous. Ton inquiétude est compréhensible et justifiée, Leo. Tu ne peux pas être dans ta « plus grande forme » en ce moment. Sinon, dans quelle forme serais-tu au moment de vivre la prochaine période de ta vie ? J'en suis persuadée :

vous allez y arriver ! Je t'embrasse, bonne soirée, Emmi.

Sept heures plus tard
Objet : Cher journal

Bonsoir Emmi, tu dois déjà dormir. Il est 2 ou 3 heures je pense. En ce moment, je ne bois pas du tout d'alcool, donc je ne le tiens pas. Ce n'est que mon troisième verre, et je vois déjà flou. D'accord, c'est un gros verre, je l'admets. Le vin a 13,5 % d'alcool, c'est écrit sur l'étiquette, ils sont déjà dans ma tête, les autres soixante ou soixante-dix pour-cent sont restés dans la bouteille. Je les bois, il n'y a plus d'alcool dedans. Tout dans ma tête. Mais c'est déjà la deuxième bouteille, je l'admets.

Chère Emmi, il faut que je t'avoue quelque chose, tu es la seule femme à qui j'écris, à qui j'écris comme cela, comme je suis, comme j'en ai envie. Tu es mon journal, mais tu ne te tiens pas tranquille comme un journal. Tu n'as pas cette patience. Tu te mêles de tout, tu ripostes, tu me contredis, tu me troubles. Tu es un journal avec un visage, un corps et une stature. Tu crois que je ne te vois pas, tu crois que je ne sens pas ta présence. Erreur. Erreur. Quelle erreur. Quand je t'écris, je t'attire tout près de moi. Cela a toujours été ainsi. Et depuis que je te connais « personnelle-ment », tu le sais, depuis que nous nous sommes assis l'un en face de l'autre, depuis, heureusement per-sonne n'a pris mon pouls, depuis…, je ne te l'ai jamais dit, je ne voulais pas te le dire, à quoi bon ? Tu es mariée, il t'aime. Il a commis une grave erreur, il n'a rien dit. C'est la pire des erreurs. Mais tu dois lui pardonner. Ta place est dans ta famille, je ne dis pas cela parce que je suis conservateur, car je ne suis pas conservateur, peut-être un peu conservateur, mais pas réactionnaire, ça non. Où en étions-nous ? Emmi, oui, c'est cela, ta place est dans ta famille, parce que c'est là qu'est ta place, dans ta famille. Et ma place est auprès de Pamela, ou la sienne auprès de moi, peu importe. Non, non, je ne t'enverrai pas de photo d'elle. Je n'y arriverais pas, c'est trop (…), c'est comme si je l'exposais en place publique, tu comprends, pourquoi ferais-je cela ? Emmi, elle ne te ressemble pas, mais elle m'aime et nous l'avons décidé, nous allons être heureux, nous allons bien ensemble, nous avons un avenir, tu peux me croire. Est-ce que j'ai le droit de t'écrire cela ? Tu m'en veux ?

Emmi, toi et moi, nous aurions dû arrêter depuis longtemps. On ne peut pas tenir un journal de cette façon, personne ne peut tenir le choc. Tu me regardes toujours – tu écrirais, tu me regardes toujours de façon si, si, si. Et je te vois me regarder, quand tu dis de façon si, si, si, je peux dire ce que je veux, je peux me taire aussi longtemps que je veux, tu me regardes toujours avec tes yeux/mots. Chaque caractère que tu écris m'observe de façon si, si, si, parfois si, parfois si, parfois si. Chaque syllabe a ton regard.

Emmi, Emmi, cet hiver a été terrible. Pas de joyeux Noël, pas de bonne année et pas d'Emmi Rothner. Je pensais vraiment que c'était fini. Tu as écrit FIN après cette nuit-là. Cette nuit, puis FIN, pas fin, mais FIN, c'était trop. J'avais fait une croix sur toi. Tout avait disparu, plus rien n'était là. Pas de journal. Pas de jour. C'était une période affreusement vide, tu peux me croire. Mais Pamela m'aime, j'en suis sûr.

Emmi, je te le demande, te souviens-tu de cette nuit-là ? Nous n'aurions pas dû. Tu étais si furieuse, si amère, si triste, et pourtant si, si, si (…). Ton souffle sur mon visage, dans mes yeux, il a pénétré jusque dans ma rétine. Peut-il y avoir plus proche proximité ? Combien de fois en ai-je rêvé, toujours les mêmes images. Être si étroitement enlacés, puis se figer pour toujours (…). Et ne plus sentir que ta respiration.

Mais à présent, il vaut mieux que j'arrête d'écrire. Je suis un peu ivre, le vin est fort, avec ou sans alcool. Emmi, encore quinze nuits, je les ai comptées, et Pamela arrive. Une nouvelle vie commence, tu dis période, je dis vie. Mais je ne suis pas conservateur, juste un peu. Ta vie, c'est Bernhard et les enfants. Ne la coupe pas en morceaux. Si on ne vit que par périodes, on manque l'envergure, la portée, le sens de l'ensemble. On ne vit que de petits extraits fades, sans importance. Au final, on passe à côté de tout. Santé !

Et maintenant, tant pis, maintenant, je t'embrasse, mon journal. Je t'en prie, ne me regarde pas comme cela !!! Et pardonne-moi les mails de ce style. En ce moment, je ne suis pas dans ma plus grande forme, ni même dans ma deuxième plus grande. Et je suis un peu ivre. Pas beaucoup, mais un peu. Donc. Stop. Terminé. Envoyer. Fin, pas FIN, juste fin, ton Leo.

Le matin suivant
Objet : Encore 14 nuits

Cher Leo, tes messages en état d'ivresse sont vraiment impressionnants ! C'était plus qu'un flot de paroles, c'était un vrai torrent, tu ne devrais pas laisser les choses s'amasser comme cela. Mais quand ton armoire à sentiments explose et quand les lignes t'échappent dans un bain de vin rouge, tu es parfois un véritable philosophe. Tes exposés sur le conservatisme et les périodes de la vie – les vieux maîtres pourraient s'en inspirer. Je ne sais pas par où commencer pour aborder le sujet. Je ne sais même pas si je dois commencer. Cela vaut-il le coup pour quatorze nuits ? Je vais demander à ma thérapeute. Et toi, évacue le pourcentage d'alcool restant de ta tête ! Je t'embrasse, le journal qui ne se tient jamais tranquille.

Neuf heures plus tard
Objet : Notre programme

Bonsoir, Leo. Recommences-tu à déchiffrer des mots ? (Y reconnais-tu mon visage ?) Dans ce cas, remplissant ma fonction de journal, je t'envoie la question suivante à propos des deux prochaines et probablement dernières semaines : qu'allons-nous faire ?

1. Nous taire pour que tu te prépares tranquillement à l'arrivée de « Pam » ? (Je cite : « Elle m'aime, nous l'avons décidé, nous allons être heureux. » Commentaire personnel : super décision !)

2. Continuer à écrire, comme si rien ne s'était passé entre ton journal et toi (et comme si, par conséquent,

125

plus rien n'était possible) ? Et pile avec l'arrivée de Machine de Boston, ce sera la fin du dialogue, pour que tu puisses te concentrer sur ta vie à venir, pendant que je me lance dans la prochaine période de la mienne ou que, faute de succès, je recommence la précédente ?

3. Nous voir encore une fois ? Tu sais bien : un de nos célèbres derniers rendez-vous. Dans le but, dans le but, dans le but (…). Sans but. Juste comme cela. Comment disions-nous l'été dernier ? – « Un digne épilogue. » Allons-nous en finir dignement et surtout réellement ? Réfléchis, le moment ne sera jamais aussi bien choisi.

Le soir suivant
Objet : Encore 13 nuits

Bonjour Leo, à ce que je vois, tu t'es décidé pour 1. sans consulter ton journal. Ou es-tu encore en train de réfléchir ? Ou juste sobre et silencieux ? Allez, dis-moi ! Emmi.

Deux heures plus tard
RÉP :

Sobre, silencieux et perplexe.

126

Dix minutes plus tard
RE :

Si tu es sobre, bois. Si tu es silencieux, parle. Si tu es perplexe, demande-moi. C'est à cela que sert un journal.

Cinq minutes plus tard
RÉP :

Te demander quoi ?

Six minutes plus tard
RE :

Le mieux serait que tu me demandes ce que tu veux savoir. Et si tu es si perplexe que tu ne sais pas ce que tu dois me demander parce que tu ne sais pas ce que tu veux savoir, demande-moi autre chose. (C'est toi qui m'as appris à faire ce genre de phrases !)

Trois minutes plus tard
RÉP :

D'accord, Emmi. Comment es-tu habillée ?

Une minute plus tard
RE :

Bravo, Leo. Pour quelqu'un qui ne sait pas ce qu'il

veut savoir, c'était une bonne question, légitime, pour ne pas dire : brûlante !

50 secondes plus tard
RÉP :

Merci. (C'est toi qui m'as appris à poser ce genre de questions !) Donc, comment es-tu habillée ?

Cinq minutes plus tard
RE :

Qu'attends-tu comme réponse ? Rien ? Ou : « Rien ! » ? Bien, j'espère que la vérité ne sera pas trop difficile à supporter : je porte une veste de pyjama en flanelle grise. J'ai perdu le pantalon qui allait avec, et je l'ai remplacé par un bas bleu clair, qui ne tient pas parce que l'élastique est déchiré, mais qui me fait de la peine parce qu'il est tout seul, étant donné que le haut l'a quitté en passant dans une machine à 90 °, je crois que c'était par une sombre nuit de novembre. Pour m'épargner la vue de cet ensemble, j'ai enfilé par-dessus un peignoir en éponge couleur café. Tu te sens mieux maintenant ?

15 minutes plus tard
RÉP :

Et si nous nous voyions encore une fois, comment imaginerais-tu ce rendez-vous, Emmi ?

Trois minutes plus tard
RE :

Ah, tu vois, cette question témoigne d'un net bond qualitatif. Ma tenue t'a visiblement inspiré.

Deux minutes plus tard
RÉP :

Alors, qu'imaginerais-tu ?

Huit minutes plus tard
RE :

Leo, tu peux sans problème dire « qu'imagines-tu », et tu n'as pas besoin de faire un usage obsessionnel du conditionnel. Je sais déjà que tu n'es pas près de me voir une quatrième fois. Et je le comprends. En période pré-« Pam », tu as sûrement peur d'un nouvel assaut sexuel et nocturne de ma part, contre lequel tu ne voudrais pas pouvoir te défendre. (Moi aussi j'aime bien le conditionnel !) Je peux te rassurer : je « n'imaginerais » rien cette fois, mon Leo.

Une minute plus tard
RÉP :

Comment alors ?

129

50 secondes plus tard
RE :

Comme tu l'imagines.

30 secondes plus tard
RÉP :

Mais je n'imagine rien, Emmi, du moins rien de précis.

20 secondes plus tard
RE :

Ce qui correspond tout à fait à ce que j'imagine.

50 secondes plus tard
RÉP :

Je ne sais pas, chère Emmi. Pour être honnête, j'ai du mal à m'imaginer un « dernier » rendez-vous qu'aucun de nous ne soit capable d'imaginer. Je crois que nous ferions mieux d'en rester à l'écrit. Au moins, nous pourrons laisser libre cours à notre imagination.

40 secondes plus tard
RE :

Ah, tu vois, cher Leo. Tu n'es plus si perplexe. Ni si silencieux. Seulement sobre, malheureusement. Je ne m'y ferai jamais. Bonne nuit, dors bien. J'éteins.

30 secondes plus tard
RÉP :

Bonne nuit, Emmi.

Le soir suivant
Objet : Encore douze nuits

Bonsoir Leo, ma thérapeute me déconseille expressément et avec beaucoup d'insistance de te voir encore une fois alors que tu es dans cette forme (qui n'est ni ta plus grande ni ta deuxième plus grande). Vous seriez-vous concertés ?

Deux heures plus tard
Objet : Je me trompe ?

Tu es là. Je me trompe ?
Tu as lu mon mail. Je me trompe ?
Tu ne sais plus quoi dire. Je me trompe ?
Tu ne sais même plus ce que tu dois faire de moi. Je me trompe ?
Tu te dis : ah, si seulement ces douze nuits étaient déjà passées ! Je me trompe ?

40 minutes plus tard
RÉP :

Chère Emmi, aussi difficile que ce soit à avouer : malheureusement, tu as tout à fait raison !

Trois minutes plus tard
RE :

C'est cruel !

Une minute plus tard
RÉP :

Pas seulement pour toi !

50 secondes plus tard
RE :

On arrête ?

30 secondes plus tard
RÉP :

Oui, c'est ce qu'il y a de mieux à faire.

30 secondes plus tard
RE :

Tout de suite ?

40 secondes plus tard
RÉP :

Oui, tout de suite, ça me va !

20 secondes plus tard
RE :

D'accord.

15 secondes plus tard
RÉP :

D'accord.

30 secondes plus tard
RE :

Toi d'abord, Leo !

20 secondes plus tard
RÉP :

Non, toi d'abord, Emmi !

15 secondes plus tard
RE :

Pourquoi moi ?

25 secondes plus tard
RÉP :

C'était ton idée !

Trois minutes plus tard
RE :

Mais tu me l'as soufflée, Leo ! Tu me la souffles depuis des jours ! Toi et ton silence. Toi et ta sobriété. Toi et ta perplexité. Toi et ton : « C'est mieux ainsi. » Toi et ton : « C'est mieux si nous arrêtons de (...). » Toi et ton « Je crois que nous devrions en rester là. » Toi et ton : « Ah, si seulement ces douze nuits étaient déjà passées ! »

Quatre minutes plus tard
RÉP :

C'est toi qui m'as mis cette dernière phrase dans la bouche, mon Emmi.

Une minute plus tard
RE :

Si on ne te met pas de phrases dans la bouche, il n'en sort plus aucune, mon Leo !

134

Trois minutes plus tard
RÉP :

C'est juste que ta façon mélodramatique de célébrer ce compte à rebours des adieux me rend nerveux, chère Emmi. Objet : Encore quatorze nuits. Objet : Encore treize nuits. Objet : Encore douze nuits. C'est un douloureux fétichisme de l'objet, le masochisme porté à son plus haut degré. Pourquoi fais-tu cela ? Pourquoi nous rends-tu les choses plus difficiles qu'elles ne se rendent elles-mêmes, parce qu'elles sont comme elles sont ?

Trois minutes plus tard
RE :

Même si je ne nous rendais pas les choses plus difficiles, elles n'en seraient pas plus faciles. Laisse-moi compter nos dernières nuits plus ou moins communes, cher Leo. C'est ma façon de faire mon deuil. Il n'en reste de toute façon plus beaucoup. Et demain matin, il y en aura encore une de moins. Ce qui revient à dire : bonne douzième nuit avant la fin, de la part de ton persévérant journal, qui aime tant te contredire !

Chapitre onze

Le jour suivant
Objet : Ma proposition !

Bonjour, chère Emmi. Je te fais une proposition pour l'organisation virtuelle de la prochaine semaine et demie : chacun de nous a le droit de poser une question par jour à l'autre, et lui doit une réponse. D'accord ?

20 minutes plus tard
RE :

Quand as-tu eu cette idée abstruse, mon cher ?

Trois minutes plus tard
RÉP :

C'était déjà ta question du jour, ma chère ?

137

Cinq minutes plus tard
RE :

Minute Leo, je n'ai pas dit que j'étais d'accord. Tu sais que je joue volontiers, sinon je ne serais pas assise ici depuis deux ans. Mais ce jeu n'est pas encore mûr. Comment ferons-nous, par exemple, si j'ai une question à propos de ta réponse ?

Une minute plus tard
RÉP :

Tu pourras la poser le lendemain.

50 secondes plus tard
RE :

C'est injuste ! Tu veux simplement que le temps entre « Pam » et moi passe plus vite, pour qu'enfin les jours de tes derniers dialogues avec ton journal soient comptés.

40 secondes plus tard
RÉP :

Désolé, Emmi. Mais c'est la règle du jeu. Je le sais, c'est moi qui l'ai inventé. On commence ?

Une minute plus tard
RE :

Minute. A-t-on le droit de ne pas répondre aux questions ?

50 secondes plus tard
RÉP :

Non, ne pas répondre n'est pas du jeu ! Au pire, on peut répondre évasivement.

30 secondes plus tard
RE :

Tu es avantagé, tu t'entraînes déjà depuis vingt-cinq mois.

40 secondes plus tard
RÉP :

On commence, chère Emmi ?

30 secondes plus tard
RE :

Et que se passe-t-il si je dis non ?

139

Deux minutes plus tard
RÉP :

Dans ce cas, c'était ta question et ta réponse pour aujourd'hui. Et nous nous écrirons demain.

Une minute plus tard
RE :

Si tu n'étais pas Leo Leike, que j'ai vu sous un tout autre jour de mes propres yeux, se languissant à la table d'un café et parvenant si bien à être charmant qu'il n'avait rien à envier à l'homme que j'avais rêvé, je dirais : tu es un sadique ! Bien, pose-moi ta question. (Mais s'il te plaît, ne me demande pas comment je suis habillée !) Emmi.

Trois heures plus tard
Objet : Première question

J'attends toujours ta question, très cher. Tu n'as pas d'idée ? Attention, ce n'était pas ma question ! La voici : « Cher Leo, dans le cadre de la dernière manifestation écrite de tes beuveries, tu as affirmé de P... P... Pamela et toi que vous alliez bien ensemble. Dans quelle mesure ? Je demande plus d'explications. »

Cinq minutes plus tard
RÉP :

Voilà ma question pour toi, Emmi : « Le referais-tu ? »

15 minutes plus tard
RE :

Très malin, Leo. Je dois trouver ce que désigne « le », et malheur à moi si je me trompe, ce « le » me restera éternellement associé, bien que ce soit toi qui ait tenu à « le » remettre en question. Si tu n'étais pas Leo, mais n'importe quel autre homme, « le » ne pourrait évidemment signifier que l'acte sexuel. Dans notre cas : ma « visite » chez toi, ma déception, mon désespoir, ma rage destructrice, et ce qui en a résulté – « le ». Si c'était de ce « le » dont tu parlais, ma réponse serait non. Non, je ne le referais pas ! J'aimerais ne l'avoir jamais fait.

Mais comme tu es Leo Leike, par ce « le » tu ne veux pas dire l'acte sexuel mais quelque chose d'autre, de plus grand, de plus noble, de plus important. Si je ne me trompe pas, ce « le » doit être notre relation épistolaire. Tu demandes : le referais-tu ? Me répondrais-tu ? T'attacherais-tu à moi de cette façon une deuxième fois, avec la même intensité, avec le même investissement émotionnel ? « Le » ferais-tu en sachant comment cela finirait ?

Oui, Leo. Mieux : OUI ! Encore et encore.

Bien, et maintenant à toi !

50 minutes plus tard
RE :

Je sais que ça ne t'amuse pas de répondre à ma question. Mais tu es obligé, Leo ! C'est toi qui a créé ce jeu !

Une heure plus tard
RÉP :

Voici ma réponse, chère Emmi : « Pamela et moi, nous allons bien ensemble, justement parce que j'ai le sentiment que nous nous entendons bien. Notre relation est simple et naturelle. Quand chacun de nous fait ce qu'il veut, il ne fait rien que l'autre ne veuille pas. Nous avons des personnalités semblables, nous sommes tous les deux plutôt calmes et réfléchis, nous ne nous faisons pas de mal, nous n'exigeons pas de l'autre plus qu'il ne souhaite donner, nous ne voulons pas le changer, nous nous acceptons tels que nous sommes. Nous ne nous ennuyons jamais ensemble. Nous aimons la même musique, les mêmes livres, les mêmes films, les mêmes plats et les mêmes œuvres d'art, nous avons les mêmes opinions, le même esprit ou non-esprit. En bref : nous pouvons et voulons être ensemble. » C'est ce que je voulais dire par « aller bien ensemble ». Bonne nuit, Emmi.

Le soir suivant
Objet : ???

Bonsoir Emmi, voici ma question pour aujour-
d'hui : « Pourquoi ne m'écris-tu pas ? »

Dix minutes plus tard
RE :

Bonsoir Leo, voici ma (simple et naturelle) réponse
pour aujourd'hui : « Lis ton mail d'hier soir sur "aller
bien ensemble", et tu devrais comprendre pourquoi
je ne t'écris pas. »

15 minutes plus tard
Objet : Question du jour

D'accord, finissons-en. Voici ma question : « Ai-je
raison si j'émets l'hypothèse que tu ne veux pas que
j'apprécie "Pam" et que tu ne me donnes aucune
chance d'être bien disposée à l'égard de votre couple,
sans quoi tu ne me servirais pas une image de vous
qui me pousse à me recroqueviller devant mon écran
et à m'écrier avec ferveur : aaaaaaaaaaaaaaaaaaaaaah,
quelle horreur ! Ils aiment la même musique, les
mêmes livres, les mêmes plats, les mêmes œuvres
d'art, ils ont les mêmes opinions, le même esprit, ou
pire encore, le même non-esprit. Aaaaaaaaaaaaaaaaah.
Dans quelques semaines, peut-être iront-ils frapper
d'un même mouvement dans leurs balles de golf,
vêtus de chaussettes assorties à rayures bleu ciel et

blanches. Mais attention : ils ne s'ennuient jamais, jamais, jamais ensemble. Extraordinaire, comment font-ils ? J'ai les yeux qui se ferment rien qu'à entendre Leo décrire son parfait assortiment avec "Pam". » (As-tu compris ma question ? Elle était plutôt au début.)

20 minutes plus tard
RÉP :

Défoule-toi avec tes moqueries et ton cynisme, Emmi. Je n'ai jamais dit que j'étais un homme captivant. Si tes yeux se ferment à cause de mes descriptions, alors au moins une partie de toi reste calme, cela ne peut être que bon pour ta tension artérielle. Petite remarque, demande à ta thérapeute de te le confirmer : Emmi, il est contre-productif et un peu mesquin de laisser partir le train de l'homme (tes propres mots), puis d'attaquer la femme qui est assise avec lui dans le nouveau compartiment. Tu ne me dissuaderas pas d'être avec elle de cette façon, au contraire, tu lui fais de la publicité.

Voici donc ma réponse à ta question presque noyée sous la grêle de tes émotions : il ne dépend pas de moi que tu sois « bien disposée » à l'égard de mon couple, Emmi. Je préférerais que tu le sois. Mais si tu te sens mieux en ne l'étant pas, ne le sois pas. Je survivrai. Si un jour mon couple avec Pamela souffre de quelque chose ou échoue, il est de toute façon sûr à 100 % que ce ne sera pas à cause de tes mauvaises dispositions, Emmi. Bonne fin de soirée, Leo.

Dix minutes plus tard
RE :

Leo, c'était cruel ! Quand je suis cynique, je ne suis que cynique. Quand tu es cynique, tu es cruel.

D'ailleurs : JE n'ai pas laissé partir ton train. À l'époque, j'avais plutôt écrit : « Notre train commun est parti. » Ce n'est pas pareil. Tu fais comme si j'avais poussé ton train de mes propres mains et que je t'avais envoyé au diable. (Je ne parle pas de « Pam » !) Leo, nous avons tous les deux laissé filer notre train, c'était un travail d'équipe professionnel, après des mois intenses passés à s'entraîner à rater les stations. Sois-en conscient, s'il te plaît. Bonne nuit.

Trois minutes plus tard
RE :

Et pardonne-moi les chaussettes assorties à rayures. C'était vraiment méchant.

Une minute plus tard
RÉP :

Mais ça t'a amusée.

20 secondes plus tard
RE :

Oui, énormément !

145

30 secondes plus tard
RÉP :

Dans ce cas, l'objectif est atteint. Dors bien, chère moqueuse !

20 secondes plus tard
RE :

Toi aussi, cher encaisseur de moqueries ! Ce que j'apprécie particulièrement chez toi : tu comprends la plaisanterie, même quand elle est dirigée contre toi.

40 secondes plus tard
RÉP :

Parce que j'aime te voir rire. Et rien ne semble plus te réjouir que la plaisanterie dirigée contre moi.

30 secondes plus tard
RE :

Ah, Leo, en plus j'aime bien les chaussettes à rayures ! Je suis sûre que tu serais très mignon avec. Tu aurais l'air encore plus innocent que d'habitude. Bonne nuit !

Le jour suivant
Objet : Ma question

Chère Emmi, voici ma question du jour : « Comment se passent les choses avec Bernhard ? »

Cinq minutes plus tard
RE :

Leo, non ! Est-ce vraiment nécessaire ?

Sept heures plus tard
Objet : Bernhard

Très bien. À Pâques, il part avec moi une semaine sans les enfants aux Canaries, à La Gomera. J'insiste : IL vient avec moi, pas moi avec lui. Mais je viendrai probablement. Je vais laisser faire. Je trouve cela courageux de sa part. Il n'a rien à attendre, et attend tout. Il croit à la reconquête de mes sentiments, au retour du grand amour, niché dans le sable, le sel, la crème solaire et les rochers. Bien. Je passerai peut-être mon permis bateau.

Cinq minutes plus tard
RÉP :

Est-ce que cela veut dire que tu laisses une chance à votre mariage ?

Trois minutes plus tard
RE :

Discipline, cher Leo ! Une seule question par jour !

Deux minutes plus tard
RÉP :

Bien, dans ce cas je te la reposerai demain. Et qu'en est-il de ta question ?

Quatre minutes plus tard
RE :

Je la garde pour le prime time de ce soir. J'ai déjà vu l'épisode de *Faites entrer l'accusé* qui passe aujourd'hui.

Cinq heures plus tard
Objet : Ma question

Voici ma question : « Le sens-tu encore ? »

Deux heures plus tard
RE :

Cher Leo, tu dois répondre à toutes les questions !

148

Deux heures plus tard
RE :

Lâche ! Tu aurais pu avouer que tu ne sais pas qui est ce « le » que tu devrais sentir. Cette élégante périphrase m'aurait au moins fait comprendre que tu ne le sens plus. Car si tu le sentais, tu saurais qui « il » est. Rassure-toi : je n'y comptais pas trop. Il est tard, je vais dormir, bonne nuit. Encore sept réveils, et nous serons au bout. Emmi.

20 minutes plus tard
Objet : Bien sûr !

Bonsoir Emmi, je viens de rentrer à la maison. À propos de ta question : « Oui, bien sûr que je le sens encore. » Bonne nuit, Leo.

Trois minutes plus tard
RE :

Halte Leo ! Je suis (tout d'un coup) très bien réveillée, et je dois hélas te le dire : tu ne peux pas t'esquiver comme cela en allant dormir, même à cette heure-ci, je ne le permets pas, c'est contraire au règlement ! « Oui, bien sûr que je le sens encore » est une annonce vide, ce n'est pas une réponse, même pas évasive. Rien ne m'indique que tu sais qui tu devrais sentir. Peut-être bluffes-tu pour avoir la paix. Mais je suis désolée, mon cher : tu me dois une vraie réponse !

149

15 minutes plus tard
RÉP :

Ma réponse était aussi cryptique que ta question, chère Emmi. Tu ne « l »'as pas appelé par son nom, parce que tu voulais me mettre à l'épreuve, voir si je savais encore qui « il » est. Je ne « l »'ai pas appelé par son nom, parce que je voulais te mettre à l'épreuve, voir si tu me ferais confiance (apparemment non !) pour savoir de quoi je parle, à quoi je pense, et ce que je ressens quand je pense à toi. Par exemple : « lui ». Oui, toujours. Parfois plus fort, parfois plus faible. Parfois, je dois d'abord le dégager avec le bout de mon index. Parfois, je le caresse avec le pouce de l'autre main. En général, il se manifeste de lui-même. Je peux laisser couler des litres d'eau dessus, il ne s'efface pas, il resurgit toujours. Parfois, il me chatouille, probablement quand tu es en train de m'écrire un mail cynique. Et parfois il est doulou-reux, quand tu me manques, Emmi, quand j'aimerais que les choses se soient déroulées autrement. Mais je ne veux pas être ingrat. Je l'ai, « lui », ton point de contact, au milieu de ma paume. Il contient tous mes souvenirs et toute ma nostalgie. Ce point rassemble l'attirail « Emmi » au complet, avec tous les acces-soires possibles pour l'exigeant Leo-qui-jette-des-regards-dans-le-lointain-d'un-paysage-idéal. Bonne nuit !

Sept minutes plus tard
RE :

Merci, Leo. C'était très beau ! J'aimerais être près de toi !

Une minute plus tard
RÉP :

Tu y es !

Le jour suivant
Objet : Ma question

Bonjour Emmi, comme je te l'avais annoncé, je répète ma question du jour précédent : « Laisses-tu une chance à votre mariage ? »

Deux heures plus tard
RE :

Intéressant, intéressant ! Après le Leo de la nuit, le romantique qui sait parler de façon si, si, si séduisante de points de contact, voici maintenant le sobre Leo de jour, directeur de conscience de boîte mail, qui se bat pour sauvegarder les relations de ses proches, comme s'il en était actionnaire. Hmmmm. Pour une fois, je glisse ma question au milieu. La voici : « Dans les premiers mails qui ont suivi la reprise de ma relation épistolaire avec toi, je t'ai raconté que j'avais beaucoup parlé de toi et de nous

151

deux avec Bernhard. Pourquoi ne me demandes-tu pas ce que nous avons dit ? Pourquoi tiens-tu absolument à croire que Bernhard n'a rien à faire avec toi ? Comment ne comprends-tu pas que ma relation avec lui est liée à ma relation avec toi ? » (Et ne me dis pas que j'ai posé trois questions. Il y a trois points d'interrogation, mais c'est une seule et même question !)

Trois heures plus tard
RÉP :

Chère Emmi, je ne tiens pas à ce que tu parles de moi avec Bernhard, en tout cas je ne veux pas le savoir. Je ne fais partie ni de votre famille, ni de votre groupe d'amis. Je ne veux pas admettre que ta relation avec lui est liée à ta relation avec moi. Je ne le veux pas ! Je n'ai jamais voulu me battre contre lui. Je n'ai jamais voulu l'évincer. Je n'ai jamais voulu m'introduire dans votre mariage. Je n'ai jamais voulu te prendre à ton mari. Et à l'inverse, je ne supporte pas l'idée que je n'étais et ne suis toujours pour toi qu'un complément de Bernhard. Pour moi, il n'y a eu depuis le début que « ou » ou « ou bien ». Autrement dit : à partir du moment où tu m'as dit être « mariée et heureuse », il ne m'est plus resté que « ou bien ». Bonne soirée, Leo.

152

20 minutes plus tard
RE :

Exceptionnellement, je réplique :

1. Tu veux dire que c'était deux années de « ou bien » ? Ton « ou bien » peut pourtant dériver violemment du côté du ou, mon Leo. Si tu es si « ou » quand tu penses « ou bien », à quel point serais-tu « ou » en pensant « ou » ?

2. Tu écris : « Je n'ai jamais voulu te prendre à ton mari. » Vois-tu Leo, je t'en veux de cette approche d'un conservatisme puant. C'est dégradant pour moi. Je ne suis pas un bien qui appartient à quelqu'un, et qui ne peut pas changer de propriétaire. Leo, JE M'APPARTIENS, je ne suis à personne d'autre. Tu ne peux me « prendre » à personne, et aucun mari au monde ne peut me « garder ». Il n'y a que MOI qui me garde et qui me reprend. Il m'arrive aussi de me donner. Ou de m'abandonner. Mais rarement. Et pas à n'importe qui.

3. Tu t'accroches encore à la formule « mariée et heureuse ». As-tu oublié comment ma vie a évolué depuis un an ? Ne t'en ai-je pas assez parlé ? N'y fais-je pas assez allusion ?

4. Ce qui m'amène à répondre à ta question mielleuse, portée par un espoir tout catholique : « Laisses-tu une chance à votre mariage ? » Est-ce que je laisse une chance à notre mariage ? – Je pourrais fournir une excellente réponse ! Mais je la garde pour moi encore un moment. Aujourd'hui, je m'en tiens à cette affirmation : Leo, je me fous de l'institution du mariage ! Ce n'est qu'une trame à laquelle les parties

153

prenantes croient pouvoir s'agripper quand elles ont perdu pied. Ce qui compte, ce sont les humains. Bernhard est important pour moi. Bernhard et les enfants. J'ai des devoirs envers eux, oui, toujours. Nous verrons bien si ces devoirs abritent une « chance pour l'avenir ».

5. J'espère recevoir une question plus excitante demain !!! Il ne nous reste que six nuits, mon cher.

6. Bonne soirée. Je vais au cinéma.

Le soir suivant
Objet : D'accord, excitante

Bonjour Emmi, ma question : « Comment était ta soirée au cinéma, quel film as-tu vu ? » Non, je plaisante ! Ma vraie question : « Penses-tu parfois à la fois où nous avons couché ensemble ? »

Dix minutes plus tard
RE :

Oh, merci Leo ! Tu as demandé cela pour me faire plaisir, je me trompe ? Tu sais combien j'aime ce type de questions. Quant à toi, tu sembles malheureusement ne te préoccuper de tels sujets qu'en compagnie de tes amis rouges de bordeaux. Mais Leo, je suis contente que tu fasses comme si le sexe n'était pas un sujet tabou entre nous, même en état de sobriété. Tu as mérité une réponse honnête : « Non, je ne pense pas PARFOIS à la fois où nous avons couché ensemble ! » Je te retournerais bien la question, mais curieusement, l'arrivée imminente de ton amie « Pam » me gêne. Et en ce qui concerne les affaires sexuelles, je prends exemple sur mon partenaire de mails conservateur, Leo « ou-ou bien » Leike. Bisous. Emmi.

30 minutes plus tard
Objet : Pamela

Étrange. Tu écris une fois « couché ensemble », probablement en portant des chaussettes à rayures, et il me faut deux verres de whiskey. Malheureusement, je n'ai pas de question aussi troublante à te proposer aujourd'hui. Voici la mienne : « Que Pamela sait-elle de nous deux ? » (Tu vois, j'ai écrit « Pamela ». Je demande donc une réponse sérieuse.)

Une minute plus tard
RÉP :

Rien !

Deux minutes plus tard
RE :

Vraiment rien ? C'est trop peu pour être sérieux !

Dix minutes plus tard
Pas d'objet

Cher Leo, j'espère que nous sommes d'accord que « Rien » ne peut pas être tout, je veux dire : comme réponse. Il fallait comprendre de ma question que je voulais savoir POURQUOI « Pam » savait sur nous ce qu'elle savait, et au cas où elle ne saurait rien, POURQUOI ? Évidemment, c'est parce que tu ne lui as rien raconté sur nous. Mais POURQUOI ? C'est ma question pour aujourd'hui. (Non, pas pour demain, pour aujourd'hui.) Et je te le dis tout de suite : si tu ne la donnes pas spontanément, je vole à l'appartement 15 et je viens la chercher, la réponse. J'en ai besoin, il faut que je sache, je dois en parler demain matin avec ma thérapeute !

Une minute plus tard
RÉP :

Je te vois comme si tu étais en face de moi, Emmi ! Quand tu exiges quelque chose (de moi) de façon aussi pressante, le voile qui couvre tes yeux se rabat sur le côté, et tes pupilles se transforment en flèches vert-jaune. Tu pourrais poignarder quelqu'un avec ton regard.

40 secondes plus tard
RE :

Bien observé ! Et avant de te sauter à la gorge en montrant les dents, je cligne encore trois fois des cils. Un. Deux. Deux et quart. Deux et demi. (...) Leo, j'attends !

Dix minutes plus tard
RÉP :

À Boston je n'ai rien raconté sur nous à Pamela, parce que je considérais que notre « nous » était clos. Et après Boston, je ne lui ai rien raconté, parce que je ne lui avais rien raconté à Boston. Je ne pouvais pas commencer en plein milieu. Les folles histoires comme la nôtre se racontent du début, ou pas du tout.

Une minute plus tard
RE :

Tu aurais pu reprendre du début.

40 secondes plus tard
RÉP :

Oui, c'est vrai.

50 secondes plus tard
RE :

Mais cela n'aurait pas valu le coup, car tu voulais terminer (ou plutôt ne pas recommencer) cette « folle » histoire avec moi le plus vite possible.

30 secondes plus tard
RÉP :

Non.

20 secondes plus tard
RE :

Quoi non ?

30 secondes plus tard
RÉP :

Ton raisonnement est faux.

40 secondes plus tard
RE :

Alors donne-m'en un bon, je t'en prie !

Deux minutes plus tard
Pas d'objet

Non, Leo, pas demain !! (Attention, je m'apprête à bondir.)

Trois minutes plus tard
RÉP :

Je ne lui ai rien raconté sur nous, parce qu'elle n'aurait pas compris. Et si elle avait compris, ce n'aurait pas été la vérité. La vérité sur nous est incompréhensible. Au fond, je ne la comprends pas moi-même.

30 secondes plus tard
RE :

Allez, Leo, tu la comprends. Tu la comprends même très bien. Tu la comprends au moins assez bien pour la garder pour toi. Tu ne veux pas inquiéter « Pam ».

40 secondes plus tard
RÉP :

Peut-être.

Une minute plus tard
RE :

Ce n'est pourtant pas une bonne idée de commencer une relation en gardant le secret sur une folle histoire avec une autre femme, cher Leo.

50 secondes plus tard
RÉP :

Le secret est clos, chère Emmi.

Deux minutes plus tard
RE :

Ah oui, ton armoire à sentiments. Emmi dedans. Portes fermées. Tourner la clé. Régler la température interne à moins vingt degrés. Terminé. Dégeler une fois tous les deux mois. Bonne nuit, je me mets sous ma couverture, j'ai froid !

Chapitre douze

Le soir suivant
Objet : Ma question

Emmi, en avons-nous fini avec les questions ? Le jeu est-il terminé ? Es-tu fâchée ? (Trois points d'interrogation, une question. Source du règlement : Emmi Rothner.)

Deux heures plus tard
Objet : Ma question

Leo, quelle est la vérité sur nous ?

15 minutes plus tard
RÉP :

La vérité sur nous ? Tu as une famille qui te tient à cœur, un mari qui t'aime et un mariage qui peut encore être sauvé. Et j'ai une relation sur laquelle je peux construire une vie. Chacun de nous deux a –

161

un avenir. Mais nous deux, ensemble, nous n'en avons pas. Voilà, vue de façon réaliste, la vérité sur nous, chère Emmi.

Trois minutes plus tard
RE :

Je te déteste quand tu vois les choses de façon réaliste !

D'ailleurs, ce n'était pas la vérité SUR nous, mais la vérité SANS nous. Et tu ne vas pas le croire, Leo : je la connaissais déjà ! Depuis deux ans, tu l'écris dans un mail sur cinq. Bien, je dois y aller. Je vais manger avec Philip. Philip ? Il est webdesigner, il est jeune, il est célibataire, il est drôle, il m'adore, et c'est ce dont j'ai envie, pas forcément de lui, mais de son adoration. Voilà la vérité sur Philip et moi. Au cas où tu aurais l'intention demain de me demander comment c'était avec Philip, je peux te le révéler dès aujourd'hui : très sympathique. Bonne soirée.

Six heures plus tard
RÉP :

Bonjour Emmi, il est quatre heures et je n'arrive pas à dormir. Ma question pour le jour qui se lève : allons-nous nous revoir ?

162

Le matin
Objet : Pour quoi faire ?

Cher Leo, la question te vient à l'esprit un peu tard. Il y a moins de deux semaines, tu défendais encore une position radicalement anti-rendez-vous. Je cite : « Pour être honnête, j'ai du mal à m'imaginer un "dernier" rendez-vous qu'aucun de nous ne soit capable d'imaginer. » Pourquoi changes-tu d'avis ? Tu ne t'imagines quand même pas soudain « quelque chose » ? Leo, si j'ai bien compté, « nous » avons encore trois jours sans « Pam ». Trois jours pour trouver une vérité sur nous qui soit peut-être différente de ta version « réaliste ». Une vérité que ton amie de Boston, qui ne sait rien sur nous, ne prendrait probablement pas bien, et qu'elle ne devrait pas apprendre. Il nous reste donc deux soirées pour un rendez-vous secret. Leo, pour quoi faire ? Oui, c'est ma question du jour, mon avant-avant-dernière pour ainsi dire : POUR QUOI FAIRE ?

20 minutes plus tard
RÉP :

Nous ne sommes pas obligés de nous voir le soir, Emmi. Je pensais plutôt à l'après-midi dans un café.

30 secondes plus tard
RE :

Ah, d'accord. Oui. Bien sûr. Leo ! Sympa. Pour quoi faire ?

40 secondes plus tard
RÉP :

Pour te voir encore une fois.

30 secondes plus tard
RE :

Et qu'est-ce que cela te ferait ?

50 secondes plus tard
RÉP :

Je serais content.

Sept minutes plus tard
RE :

Cela me fait plaisir, mais malheureusement un rendez-vous aurait sur moi l'effet inverse. Te voir : d'accord. Te voir « encore une fois », encore une dernière fois : merde ! Leo, depuis un an et demi, nous nous voyons « peut-être encore une dernière fois ». Depuis un an et demi, nous nous faisons nos adieux.

On dirait que nous ne nous sommes rencontrés que pour nous faire nos adieux. Leo, je ne veux plus. Je suis saturée, fatiguée, abîmée par les adieux. Je t'en prie, pars une bonne fois pour toutes. Envoie-moi ton manager du système, voilà au moins quelqu'un sur qui on peut compter, il est cohérent et répond au bout de dix secondes, pour me saluer de sa façon revêche. Mais arrête de me faire tes adieux en permanence. Et ne me donne pas l'impression humiliante qu'il n'y aurait rien de plus agréable pour toi que de me voir « encore une dernière fois ».

Neuf minutes plus tard
RÉP :

Je n'ai pas dit : « encore une dernière fois ». J'ai dit : « encore une fois ». Et cela semble beaucoup plus dramatique par mail que ça ne l'est en réalité. Face à face, tu n'aurais pas d'impression humiliante. De toute façon, je ne peux pas te perdre. J'ai tant de toi en moi. J'ai toujours ressenti cela comme un enrichissement. Toute impression sensorielle laissée par Emmi est comme un crédit pour l'avenir. Pour moi, te dire adieu signifierait : ne plus penser à toi, ne plus rien ressentir pour toi. Crois-moi, je suis à des kilomètres de te dire adieu.

Cinq minutes plus tard
RE :

Leo, ce sont là des conditions parfaites pour la femme avec qui tu t'imagines passer ta vie. Pauvre Pamela ! Heureusement, elle ne sait rien des impressions sensorielles que je t'ai laissées. Ne tourne jamais la clé dans la serrure de ton armoire à sentiments, mon Leo. Tu la blesserais.

Douze minutes plus tard
RÉP :

Ressentir n'est pas tromper, chère Emmi. Ce qui est mal, c'est de vivre ses sentiments et de faire souffrir quelqu'un d'autre. Autre chose : ce n'est pas la peine de plaindre Pamela. Mes sentiments pour toi n'enlèvent rien à ceux que j'ai pour elle. Ils n'ont rien à voir. Ils ne sont pas en concurrence. Tu ne lui ressembles pas du tout. J'ai avec vous deux une relation très différente. Je n'ai pas un contingent fixé de sentiments que je dois répartir entre les différentes personnes qui comptent pour moi de différentes façons. Chacune des personnes importantes pour moi est indépendante, elle a sa propre place dans mon cœur. C'est forcément la même chose pour toi.

15 minutes plus tard
Objet : Tromper

Cher Leo,

1. Tu n'es pas obligé de dire « personne », tu peux dire « femme », je sais de quoi tu parles.

2. Que veut dire « vivre ses sentiments » ? On vit ses sentiments lorsqu'on les ressent. Cacher des sentiments (vécus) qu'on échange avec quelqu'un, c'est tromper. Console-toi Leo. Moi aussi, je ne l'ai compris que lorsque j'ai commencé ma thérapie. J'ai trompé Bernhard avec toi, pas cette nuit-là, mais les trois cents nuits précédentes. Mais cette époque est révolue. À présent, il sait tout sur toi et moi. Oui, il connaît ma « vérité sur nous ». Ce n'est peut-être que la moitié de la vérité, mais c'est la mienne. Et je n'en ai pas honte.

3. Bien sûr, je pourrais te féliciter et t'admirer pour la taille de ton cœur, qui peut contenir plusieurs armoires à sentiments pour plusieurs femmes. Malheureusement, j'ai 35 ans, j'ai déjà appris quelques petites choses, et j'ose affirmer : c'est plus simple que cela. Toi, oui, toi aussi, tu aimes porter plusieurs femmes dans ton cœur. Ou mieux encore : le plus de femmes (intéressantes) possibles doivent te porter dans leur cœur. Évidemment, chacune est trèèèèèèèèèèèèès différente des autres. Chaque femme est « particulière ». Chaque femme est indépendante. Cela n'a rien d'un exploit, Leo, c'est TOI qui les conçois de façon indépendante. Quand tu penses à l'une, tu oublies l'autre. Quand tu ouvres une armoire à sentiments, les autres restent bien verrouillées.

167

4. Je suis différente. Mes sentiments ne sont pas parallèles. Ils sont linéaires. Ma façon d'aimer aussi. L'un après l'autre. Mais toujours un seul. En ce moment – ah. Disons Philip. Il sent si bon le parfum Abercrombie & Fitch.

5. Bien, et maintenant j'éteins mon ordinateur, et je ne le rallumerai que demain matin. Bonne avant-avant-dernière après-midi, avant-avant-dernière soirée, avant-avant-dernière nuit, mon Leo. J'espère que tu dormiras mieux ce soir. Emmi.

Cinq heures plus tard
Objet : Bilan douloureux

Chère Emmi,

a. Je suis ennuyeux quand je suis sobre.

b. Je suis dépourvu d'humour, même quand j'ai bu quelque chose.

c. Depuis deux ans, je m'entraîne à esquiver tes questions.

d. Quand je ressens, je trompe (concrètement : toi avec Pamela, Pamela avec toi, et vous deux avec moi-même).

e. Dans un mail sur cinq, je te rappelle de façon subliminale que nous sommes tous les deux « pris », et que nous n'avons donc pas d'avenir commun.

f. Depuis deux ans, je te fais mes adieux.

g. Mon pouvoir d'attraction physique est limité. Tu ne ressens absolument pas le besoin de me revoir.

h. Ma devise est condamnable : « Le plus de femmes (intéressantes) possibles doivent me porter dans leur cœur. » (Puis-je t'avouer quelque chose, Emmi ? Je prends aussi celles qui sont inintéressantes. L'important, c'est qu'il y en ait le plus possible.)

i. Je suis un homme.

j. Mais je ne sens pas le Evercrombie & Machin Fitsch.

k. D'où, pour finir, mon avant-dernière question : POURQUOI M'ÉCRIS-TU ENCORE ?

Le matin suivant
RE :

Parce que je dois répondre à ton avant-dernière question. Parce que ce sont les règles du jeu. Parce que je n'abandonne pas juste avant la fin. Parce que je n'abandonne jamais. Parce que je ne peux pas perdre. Parce que je ne veux pas perdre. Parce que je ne veux pas te perdre.

Cinq minutes plus tard
Objet : De plus

De plus, tu écris des mails mignons. Parfois.

Et tu es rarement à la fois ennuyeux et dépourvu d'humour.

Trois minutes plus tard
Objet : D'ailleurs

D'accord. Tu ne m'as jamais ennuyée ! (Sauf quand tu m'as décrit ton couple avec « Pam ».) Et,

169

Leo, le physique ne fait pas tout. – Une de tes anciennes devises. Tu te rappelles ?

Sept minutes plus tard
Objet : D'accord

Ouiii. Ouiii. Ouiii. Tu es beau ! Nous le savons, tout le monde le sait ! Vanité satisfaite ?

Une heure plus tard
Pas d'objet

D'accord Leo, laisse à mon mail le temps de faire son effet.

Deux heures plus tard
Objet : Mon avant-dernière question

Peut-être attends-tu simplement mon avant-dernière question. La voici : allons-nous arrêter de nous écrire demain, ou allons-nous continuer, je veux dire, à l'occasion, quand l'un de nous en aura envie ? Nous pouvons quand même nous faire nos adieux, pour que ce soit officiel, à cause de « Pam », pour que nos relations soient claires. Ah oui, bien sûr, tu es « à des kilomètres » de me dire adieu, tu enfouis juste tes sentiments dans la glace. Tant pis. Nous écrirons-nous encore ? Ou ne veux-tu plus être dérangé à partir de maintenant, à partir de « Pam » ? Dis-le-moi, et j'arrêterai de consulter ma boîte mail privée. Ou bien je résilierai ma connexion internet, non, ça n'ira pas, j'ai sept nouveaux clients qui veulent un site, ils préféreraient que mon travail soit en ligne. Tant pis. Nous écrirons-nous encore, Leo ? Malgré « Pam » ? N'importe quand, cela n'a pas d'importance. Mais le ferons-nous ?

Dix minutes plus tard
RÉP :

Chère Emmi, oui, nous le ferons. À la condition que tu as énoncée sur ta deuxième ligne : « Quand l'un de nous en aura envie. » Je veux être honnête, Emmi : je ne peux pas savoir si j'en aurai envie, quand j'en aurai envie, à quelle fréquence j'en aurai envie. Et, quand j'en aurai envie, si ce sera une bonne idée. S'il te plaît, n'attends jamais de mail de moi ! Si tu en reçois un, c'est que j'en avais envie. Si tu n'en reçois pas, c'est peut-être que j'en avais envie mais que j'ai préféré ne pas le faire. L'inverse est vrai. Nous ne devons plus nous rendre malades à force d'espérer un mail de l'autre ou de préparer fiévreusement une réponse. Si tu en as envie, écris-moi, Emmi. Si j'en ai envie, je te répondrai.

Trois minutes plus tard
RE :

Ça, ce n'était pas un mail mignon, Leo ! Mais j'ai compris. Et je vais m'adapter. Salut, ça suffit pour aujourd'hui. À présent, j'ai envie de me taire. Demain

171

est un autre jour. Même si c'est certainement le dernier.

Le matin suivant
Objet : Dernière question

Chère Emmi : comment aurais-je dû me comporter
à l'époque, qu'aurais-je dû faire, qu'est-ce qui aurait
été mieux ? – Quand ton mari me suppliait de disparaître de ta vie, de ne pas détruire votre mariage, de
« sauver » votre famille. « Boston » n'était-elle pas la
seule solution raisonnable ? Comment aurais-je pu
décider autrement, mieux ? Cette question me hante
depuis un an et demi. Je t'en prie, réponds-moi !

Une heure plus tard
Objet : Dernière réponse

TU n'aurais peut-être pas pu décider mieux tout
seul. Mais tu n'aurais pas dû décider tout seul. Tu
aurais dû ME laisser décider avec toi. Tu aurais dû
me mettre au courant de cette histoire avec Bernhard,
s'il était trop lâche pour le faire lui-même. Ce n'était
pas à TOI de « sauver » mon mariage ou d'y mettre
un terme. C'était à mon mari et à moi. Ton pacte avec
lui et ta fuite mystérieuse à Boston m'ont privée de
la possibilité de faire ce qu'il fallait au bon moment.
Et, oui, tu aurais dû te battre pour moi, Leo. Pas
comme un héros, pas comme un mec, pas comme
« un homme, un vrai », mais comme quelqu'un qui
croit à ses sentiments. Je sais, je sais : nous ne nous

connaissions pas, nous ne nous étions même jamais vus. Et alors ? J'affirme que nous avions déjà dépassé ce stade. Certes, nous ne vivions pas ensemble au sens traditionnel, mais nous vivions l'un avec l'autre, cela compte plus. Nous étions si certains de notre attirance l'un pour l'autre, notre lien était si fort, que nous étions prêts à nous embrasser à l'aveugle. Mais toi, tu ne t'en es pas rendu compte. Ta noblesse d'âme mal placée t'a poussé à renoncer à moi. Sans te battre. C'est ÇA que tu aurais dû faire autrement. ÇA que tu aurais pu mieux faire, cher Leo !

Dix minutes plus tard
RÉP :

Je voulais ce qu'il y avait de mieux pour toi. Malheureusement, il ne m'est pas venu à l'esprit que ce pourrait être moi. Dommage. Pas de chance. Raté. Je suis désolé. Je suis tellement désolé !

Cinq minutes plus tard
Objet : Ma dernière question

Tu veux venir chez moi, Leo ?

15 minutes plus tard
Pas d'objet

Tu as le droit de répondre.

173

Cinq minutes plus tard
RÉP :

Comme tu l'as si bien répondu en lettres capitales
il y a deux jours, dans une situation analogue : POUR
QUOI FAIRE ?

Une minute plus tard
RE :

Ce n'est pas une réponse. C'est une question ! Tu
as malheureusement épuisé tes questions, mon cher.
Tu les as toutes utilisées, en partie gâchées pour des
futilités. Maintenant, tu dois prendre des risques. Tu
viens chez moi ? Pour être plus précise : tu viens chez
moi aujourd'hui ? Oui ou non.

20 minutes plus tard
RE :

Tu tiens bon, cher Leo. Pas de oui. Pas de non.
Ce serait vraiment TA décision. Tu peux la prendre
seul, tu n'as pas besoin de penser à moi une seule
seconde.

Trois minutes plus tard
RÉP :

Bien sûr que si, je pense à toi. À toi et à tes mots
de jeudi : « Te voir : d'accord. Te voir encore une
fois, encore une dernière fois : merde ! » On dirait le

contraire de tes exigences actuelles. Pourquoi veux-tu soudain me voir ? Pourquoi devrais-je venir chez toi ? Si tu ne me donnes pas la réponse, je la trouverai moi-même.

Une minute plus tard
RE :

Leo, ton raisonnement est faux ! D'accord, quand tu te seras décidé, je t'expliquerai. Donc, viens-tu chez moi, 14, rue Feld, troisième étage, appartement 17 ? Oui ou non.

Huit minutes plus tard
RÉP :

Oui.

50 secondes plus tard
RE :

Vraiment ? Tu es sûr ?

40 secondes plus tard
RÉP :

Voilà deux questions non-autorisées ! Mais je réponds quand même : non, Emmi, je ne suis pas sûr. Je ne suis pas sûr du tout. J'ai rarement été aussi peu sûr de quelque chose. Mais je me risque.

175

Deux minutes plus tard
RE :

Merci, Leo ! À présent, tu peux oublier tous tes scénarios catastrophe et autres pressentiments. Le rendez-vous sera court. Disons : dix minutes. J'aimerais bien boire un whiskey avec toi. Un, un seul ! (Tu peux boire un verre de vin rouge à la place.) Et après – c'est la raison de mon invitation – je veux te donner quelque chose. La remise ne durera pas plus de cinq secondes. Ensuite, tu seras libre, mon Leo.

Une minute plus tard
RÉP :

Que veux-tu me donner ?

Deux minutes plus tard
RE :

Quelque chose de personnel. Un souvenir. Je te le promets : pas de pathos, pas de scène, pas de larmes. Juste une gorgée de whiskey, un petit cadeau. Et : salut. Ce ne sera pas douloureux. Je veux dire : en comparaison avec ce que cela pourrait être, au vu de la situation. Donc, viens !

176

40 secondes plus tard
RÉP :

Quand ?

30 secondes plus tard
RE :

À huit heures ?

40 secondes plus tard
RÉP :

À huit heures. D'accord, à huit heures.

30 secondes plus tard
RE :

Très bien. À tout à l'heure !

40 secondes plus tard
RÉP :

À tout à l'heure !

Chapitre treize

Deux semaines plus tard
Objet : Signe de vie

Bonjour Emmi, comment vas-tu ? (Si seulement on pouvait utiliser une autre formule. Mais laquelle ?) Cela me ferait un bien fou de savoir que tu ne vas pas trop mal. Je pense souvent à toi. Toujours quand (…), je crois que tu sais ce que je veux dire. Merci ! Leo.

Trois jours plus tard
RE :

Bonjour Leo, cela fait plaisir d'avoir de tes nouvelles. Tu en avais envie ? Vraiment envie ? Ou était-ce la formule habituelle rupture du silence/compassion après la séparation/apaisement de conscience/franchissement de la distance ? Oui, Leo, je ne vais pas trop mal. (D'ailleurs, pourquoi supposes-tu que je ne puisse pas aller mieux que « pas trop mal » ?) Quoi qu'il en soit, je ne vais pas assez bien pour te retourner la question. Je ne veux pas le savoir. Cela ne me ferait pas un bien fou, si j'apprenais que tu vas deux fois mieux que « pas trop mal ». Et je suppose que c'est le cas. Baisers lointains. Emmi.

Une semaine plus tard
Objet : Maintenant

Chère Emmi, oui, si, j'en avais assez envie ! Bonne nuit. Leo.

Un jour plus tard
RE :

Ça me fait plaisir ! Bonne nuit. Emmi.

Deux semaines plus tard
Objet : Quel hasard

Bonjour Leo. « Pam » ne serait-elle pas par hasard une jolie blonde mince aux longues jambes, un peu comme ta sœur Adrienne ? Mon âge, à peu près ? Avec peut-être deux ou trois ans de moins ? Le bureau de mon conseiller fiscal est au coin de ta rue. (Non Leo, ce n'est pas pour cela que c'est mon conseiller fiscal !) Et comme je passais devant la porte de ton immeuble, j'ai vu surgir une de ces femmes plutôt grandes, jolies, maquillées en pastel, comme celles qui présentent la collection hiver dans les catalogues de vente par correspondance. Elle avait le type

180

nord-américain par excellence, le cou long, les chaussures beiges, le sac à main carré, le menton anguleux,
sculpté par les tornades, et les mouvements de la
mâchoire, la façon dont elle mâchait son chewing-
gum. Ça s'apprend forcément à Boston. Ce devait
être « Pam ». Eh bien, imagine ma surprise ! Le
monde est petit, non ? Bises, Emmi.

Trois jours plus tard
RE : Fâché ?

Tu es fâché, Leo ? Si cela peut te rassurer : mon
prochain rendez-vous chez mon conseiller fiscal est
dans six mois.

Une heure plus tard
RÉP :

Chère Emmi, je n'ai pas d'ordres à te donner. Mais
je te prie de te dispenser de tes petits voyages de
reconnaissance dans mon quartier sous prétexte de
hasard et de conseil fiscal. Quel est l'intérêt ? Bises,
Leo.
PS : Pamela ne mâche jamais de chewing-gums,
qu'ils soient nord-américains, sud-américains ou quoi
que ce soit d'autre.

181

Trois heures plus tard
RE :

Dans ce cas, elle devait avoir un morceau de cheese-burger dans la bouche. Leo, sois un peu plus cool. Tu ne sais pas t'amuser ! Qu'est-ce que cela peut te faire que je reconnaisse « Pam » ? Ou que je la connaisse ? Peut-être allons-nous sympathiser, devenir les meilleures amies du monde, partir en vacances ensemble, comparer les extraits de nos journaux intimes qui parlent de Leo Leike. Ensuite, nous pourrons nous mettre en colocation à trois. Ou à cinq, et le soir, je garderai les enfants. (…) D'accord, j'arrête. Je crois que cela ne te fait pas rire. Quand j'y pense, moi non plus. Emmi vous souhaite d'agréables et paisibles jours fériés, avec de nombreuses pauses sur la terrasse de l'appartement 15. Je pars en voyage !

Une semaine plus tard
Objet : La septième vague

Bonjour Leo. Je suis assise sur mon balcon à Playa de Alojera, sur l'île de La Gomera, je regarde au loin, au-delà de la baie de pierres avec ses tâches de sable sombre, léchée par l'écume blanche et bouillonnante, je regarde la mer, et plus loin encore, la ligne horizontale qui sépare le bleu clair et le bleu foncé, le ciel et la mer. Sais-tu à quel point c'est beau ? Il faut absolument que vous veniez ici. Cet endroit semble fait pour les amoureux de fraîche date.

Pourquoi est-ce que je t'écris ? Parce que j'en ai envie. Et parce que je ne veux pas attendre en silence la septième vague. Oui, ici on raconte l'histoire de l'implacable septième vague. Les six premières sont prévisibles et équilibrées. Elles se suivent, se forment l'une sur l'autre, n'amènent aucune surprise. Elles assurent une continuité. Six départs, si différents qu'ils puissent paraître vus de loin, six départs – et toujours la même arrivée.

Mais attention à la septième vague ! Elle est imprévisible. Elle est longtemps discrète, elle participe au déroulement monotone, elle s'adapte à celles qui l'ont précédées. Mais parfois elle s'échappe. Toujours elle, toujours la septième vague. Elle est insouciante, innocente, rebelle, elle balaie tout sur son passage, remet tout à neuf. Pour elle, il n'y a pas d'avant, mais un maintenant. Et après, tout a changé. En bien ou en mal ? Seuls peuvent en juger ceux qui ont été emportés, qui ont eu le courage de se mettre face à elle, de se laisser entraîner.

Je suis assise ici depuis une bonne heure, je compte les vagues et j'observe ce que font les septièmes. Pour l'instant, aucune ne s'est emballée. Mais je suis en vacances, je suis patiente, je peux attendre. Je ne perds pas espoir ! Ici, sur la côte ouest, souffle un fort et chaud vent du sud. Emmi.

Cinq jours plus tard
Objet : De retour ?

Bonjour Emmi, merci pour ton mail balnéaire. S'est-elle échappée, la septième vague ? L'as-tu laissée t'emporter ? Je t'embrasse, Leo.

Trois jours plus tard
Objet : Toutes les sept vagues

J'avais l'impression de connaître cette histoire, et j'ai fait des recherches sur la septième vague, chère Emmi. L'ancien bagnard Henri Charrière l'a décrite dans son roman autobiographique *Papillon.* Après avoir été débarqué sur l'île du Diable, au large de la Guyane, il a observé la mer pendant des semaines, et remarqué que la septième vague était toujours plus haute que les autres. C'est l'une de ces septièmes vagues – il la baptisa « Lisette » – qu'il choisit pour lancer son radeau en noix de coco, et c'est ce qui l'a sauvé.

Mais en fait, je voulais juste te dire que tu me manques, Emmi.

Un jour plus tard
Pas d'objet

Et en fait tu dois être de retour depuis longtemps. Non ?

Six jours plus tard
Objet : Calme plat

Chère Emmi, je veux juste savoir si tout va bien.
Tu n'es pas obligée de m'écrire si tu n'en as pas envie.
Mais je t'en prie, écris-moi simplement que tu n'as
pas envie de m'écrire, si c'est le cas. Et si, par hasard,
tu en avais envie, alors écris-moi ! Cela me ferait plaisir, tellement plaisir ! Chez moi, il n'y a pas de vagues,
aucune des six premières. Et surtout pas la septième.
La mer est calme. Son miroir scintille, le soleil est
aveuglant. Je n'attends rien. Tout est là, tout suit son
cours. Pas de changement en vue. Calme plat. Emmi,
seulement quelques mots de toi. Je t'en prie ! Leo.

Trois heures plus tard
RE :

Tout va bien, Leo ! Je t'en dirai plus dans quelques
jours. J'ai quelques petites choses en cours. Emmi.

Huit jours plus tard
Objet : Nouveau départ

Cher Leo, Bernhard et moi allons faire une nouvelle tentative. Nous avons passé ensemble des
vacances agréables, harmonieuses. Des vacances
comme avant, pareilles, non, très différentes en fait,
mais cela n'a pas d'importance. Nous savons ce que
nous signifions l'un pour l'autre. Nous savons ce que
nous partageons. Nous savons que ce n'est pas tout.

185

Mais nous savons aussi que cela n'a pas besoin d'être tout. Une seule personne ne peut pas tout donner. Bien sûr, on peut décider d'attendre toute sa vie de rencontrer un tel homme, un qui donne tout. On peut caresser cette magnifique, cette enivrante et bouleversante illusion d'absolu, qui fait battre le cœur et rend supportable une vie rongée par le manque. Jusqu'à ce qu'elle se brise, cette illusion. Alors, on ne ressent plus que le manque. C'est un sentiment que je ne connais que trop. Ce n'est plus pour moi. Je ne tends plus vers un idéal. Je veux profiter le plus possible de quelque chose de bien, cela suffit à mon bonheur.

Je vais réemménager chez Bernhard. L'année prochaine, il va être souvent absent, il va donner de grands récitals. Il est très demandé à l'étranger. Les enfants ont besoin de moi. (Ou est-ce moi qui ai besoin des enfants ? Sont-ils encore des enfants ? Peu importe.) Je garde mon petit appartement, comme refuge pour mon « temps pour moi ».

Et en ce qui nous concerne, Leo ? J'y ai beaucoup réfléchi. J'en ai aussi beaucoup discuté avec Bernhard, que cela te plaise ou non. Il sait à quel point tu es important pour moi. Il sait qu'entre-temps, nous nous sommes vus une ou deux fois. Il sait que tu me plais, oui, de façon tout à fait normale, physique, non-virtuelle, en chair et en os. Il sait que j'aurais pu tout m'imaginer avec toi. Et il sait que je me suis tout imaginé avec toi. Il sait aussi à quel point je suis encore suspendue à tes mots, et à quel point j'ai besoin de t'écrire. Oui, il sait que nous nous écrivons toujours. Mais il ne sait pas QUOI. Je ne vais pas le lui dire, cela ne regarde que nous deux, et personne d'autre. Mais je voudrais, s'il savait ce que nous nous disons, ce sur quoi nous échangeons, que ce ne soit pas insupportable pour lui. Je ne veux plus le tromper avec mon envie insatisfaite, avec mon illusion d'absolu. Leo, je veux mettre un terme à notre séjour sur notre île. Ce que je veux, tu admettras, si tu es honnête avec toi-même, que c'est ce que tu as toujours voulu : je veux – je suis curieuse de voir si je vais arriver à l'écrire – je veux, je veux, je veux (...) que nous restions amis. (C'est dit !) Des amis épistolaires. Tu me comprends ? Plus de palpitations. Plus de maux de ventre. Plus d'angoisses. Plus de tremblements. Plus d'espoir. Plus de souhaits. Plus d'attente. Juste des mails de mon ami Leo. Et si je n'en reçois pas, ce n'est pas la fin du monde. Voilà ce que je veux ! Plus de fin du monde hebdomadaire. Tu comprends ? Je t'embrasse, Emmi.

Dix minutes plus tard
RÉP :

Tu as bien été emportée par la septième vague !

Quatre minutes plus tard
RE :

Non, Leo, au contraire. Il n'y en a pas eu. Je l'ai attendue pendant une semaine. Elle n'est pas venue. Et dois-je te dire pourquoi ? Parce qu'elle n'existe pas. Elle n'était qu'une « illusion d'absolu ». Je n'y crois pas. Je n'ai pas besoin de vagues, pas besoin des six premières et surtout pas de la septième. Je préfère prendre exemple sur Leo Leike : « La mer est calme. Son miroir scintille, le soleil est aveuglant. Je n'attends rien. Tout est là, tout suit son cours. Pas de changement en vue. Calme plat. » C'est plus facile à vivre. Du moins, cela facilite le sommeil.

Trois minutes plus tard
RÉP :

Ne te fais pas trop d'illusions, Emmi. Pour vivre sur une mer tranquille, il faut être fait pour cela. Certains vivent le calme plat comme une paix intérieure, d'autres comme un marasme sans fin.

Deux minutes plus tard
RE :

Tu écris comme si tu étais plutôt du genre marasme, mon cher Leo.

Une minute plus tard
RÉP :

À vrai dire, je pensais plutôt à toi, ma chère Emmi.

Deux minutes plus tard
RE :

C'est gentil, Leo. Mais peut-être devrais-tu penser plus souvent à toi. À toi et (« … »). À propos : depuis

188

dix semaines, tu mènes une nouvelle vie, une vie à deux. Tu ne m'en as pas dit un mot. Pas un mot sur votre relation. C'EST POURTANT CE QU'ATTEND UNE BONNE AMIE ÉPISTOLAIRE ! Bonne soirée, Emmi.

Cinq minutes plus tard
RÉP :

Tu exiges beaucoup de moi, Emmi. Tu ne te rends sûrement pas compte de CE QUE TU EXIGES DE MOI ! Leo.

Quatre jours plus tard
RE :

Visiblement plus que tu ne peux supporter !

Trois jours plus tard
Objet : Allez, Leo !

Allez, Leo ! Ressaisis-toi, prends-toi en main. Raconte-moi ta vie avec Pamela. S'il te plaît, s'il te plaît, s'il te plaît ! Comment est ton quotidien avec elle ? Comment trouvez-vous la vie à deux ? S'est-elle habituée ? Se sent-elle bien dans l'appartement 15 ? Que mange-t-elle au petit-déjeuner, des mueslis ou des sandwichs au thon ? Dort-elle à droite ou à gauche, sur le ventre ou sur le dos ? Comment se passe son travail ? Que raconte-t-elle sur ses collègues ? Que faites-vous pendant le week-end ? Comment

189

passez-vous vos soirées ? Porte-t-elle des tangas ou des sous-vêtements de grand-mère bostonienne ? À quelle fréquence faites-vous l'amour ? Qui commence, en général ? Qui arrête le premier, et pourquoi ? Quel est son handicap ? (Au golf, je veux dire.) Que faites-vous, sinon ? Aime-t-elle les spécialités locales ? Quels sont ses passe-temps ? Le saut à la perche ? Quel type de chaussures porte-t-elle ? (En dehors des chaussures beiges de Boston.) Combien de temps met-elle pour sécher ses cheveux blonds ? Quelle langue vous parlez-vous ? T'écrit-elle des mails en anglais ? Es-tu très amoureux d'elle ?

Un jour plus tard
RÉP :

Au petit-déjeuner, elle boit un café au lait à la bostonienne, avec beaucoup d'eau, de lait et de sucre, mais sans café. Et elle mange de la confiture d'abricots de la région, sur du pain sans beurre. Elle dort sur la joue droite, et heureusement elle ne rêve pas encore de son travail. Mais cela ne t'intéresse que provisoirement. Je me trompe ? Venons-en donc à l'essentiel : à quelle fréquence faisons-nous l'amour ? En permanence, Emmi, je te le dis, pffffffffff, en permanence ! En général, nous commençons le matin (en même temps) et nous n'arrêtons plus, par exemple depuis une semaine. Pas facile, à côté de ça, de rédiger des mails platoniques pour Emmi. La question des sous-vêtements est donc superflue. Et pendant nos rares pauses, elle sèche ses cheveux blonds et ondulés, qui descendent jusqu'aux genoux. Bonne après-midi, chère amie épistolaire ! Leo.

Huit minutes plus tard
RE :

Ta réponse était plutôt pas mal, Leo. Elle avait du caractère ! Bien, donc tu sais encore faire ! Bonne après-midi aussi, de la part d'Emmi. Je vais m'acheter un pantalon. Avec Jonas, malheureusement. Malheureusement pour Jonas ! La mode est injuste : ceux qui ont besoin d'un nouveau pantalon n'en veulent pas (Jonas). Ceux qui veulent un nouveau pantalon n'en ont pas besoin. (Moi.)

PS : Je ne sais toujours pas si vous écrivez vos mails dans sa langue ou la tienne.

Cinq heures plus tard
RÉP :

Ni l'un ni l'autre.

Le jour suivant
RE :

En russe ?

191

Dix heures plus tard
RÉP :

Nous ne nous écrivons pas de mails. Nous nous téléphonons.

Trois minutes plus tard
RE :

Oh !!!

Cinq jours plus tard
Objet : Bonjour Leo !

Cette simple amitié épistolaire sans pétillants sous-entendus t'ennuie, je me trompe ?

Deux jours plus tard
Objet : Bonjour Emmi !

Oui, tu te trompes, chère Emmi. Depuis que je sais que ton monde ne s'écroulera pas si je ne t'écris pas, je ne suis plus aussi souvent connecté. C'est la raison de ces longs intervalles. Je te demande de la compréhension et même un peu de patience.

Trois minutes plus tard
RE :

Donc si tu m'as écrit pendant deux ans, c'était seulement pour que mon monde ne s'écroule pas ?

192

Huit minutes plus tard
RÉP :

Je m'étonne d'avoir tenu une semaine entière sans tes spectaculaires retournements d'arguments, mon Emmi.

Du reste, j'ai une question en réponse à ta première question. La voici : le calme plat a fini par t'ennuyer un peu, je me trompe ?

Quatre minutes plus tard
RE :

Oui, tu te trompes, cher Leo. Tu te trompes sur toute la ligne ! Je suis détendue, et je profite du calme, de la paix intérieure et des fettucine aux écrevisses avec une sauce aux amandes. J'ai déjà pris huit kilos. (Ou au moins 0,8.) Donc : es-tu très amoureux d'elle ?

Une minute plus tard
RÉP :

Pourquoi es-tu si préoccupée par cette question, chère amie épistolaire ?

50 secondes plus tard
RE :

Elle ne me préoccupe pas, elle m'intéresse. On a bien le droit de s'intéresser aux états émotionnels les plus importants de son ami épistolaire, non ?

40 secondes plus tard
RÉP :

Et si je réponds : « Oui, je suis très amoureux d'elle ! » ?

30 secondes plus tard
RE :

Je dirai : « Je suis contente pour toi ! Pour toi et pour elle ! »

40 secondes plus tard
RÉP :

Mais ta joie sonnerait faux.

50 secondes plus tard
RE :

Ne t'inquiète pas trop de la véracité du son de ma joie, mon Leo ! Donc : es-tu très amoureux d'elle ?

Deux minutes plus tard
RÉP :

Ce sont des méthodes d'interrogatoire très emmiennes, mon Emmi ! Tu n'auras donc pas de réponse.

Mais si tu veux, nous pouvons nous retrouver une fois de plus dans un café pour discuter des choses qui nous animent, malgré le calme plat.

Une minute plus tard
RE :

Tu veux me voir ?

Trois minutes plus tard
RÉP :

Oui. Pourquoi pas ? Nous sommes amis.

Deux minutes plus tard
RE :

Et que raconteras-tu à « Pam » ?

50 secondes plus tard
RÉP :

Rien du tout.

30 secondes plus tard
RE :

Pourquoi ?

50 secondes plus tard
RÉP :

Parce que, comme tu le sais, elle ne sait rien de nous.

Une minute plus tard
RE :

Je sais. Mais à présent, qu'y a-t-il à ne pas savoir ?
Que ne doit-elle pas savoir ? Que nous sommes des
amis épistolaires ?

Deux minutes plus tard
RÉP :

Qu'il existe une femme à qui je réponds lorsqu'elle
me pose de telles questions.

50 secondes plus tard
RE :

De toute façon, tu ne me réponds pas.

Une minute et demie plus tard
RÉP :

Emmi, pourquoi crois-tu que je suis assis devant
mon ordinateur depuis presque une demi-heure ?

30 secondes plus tard
RE :

Bonne question. Pourquoi ?

196

50 secondes plus tard
RÉP :

Pour échanger avec toi.

Une minute plus tard
RE :

C'est vrai. « Pam » ne comprendrait pas. Elle demanderait : « Pourquoi ne vous téléphonez-vous pas ? Vous gagneriez beaucoup de temps. »

40 secondes plus tard
RÉP :

C'est vrai. Et après de telles phrases, je pourrais sans remords raccrocher le combiné.

50 secondes plus tard
RE :

C'est vrai. Les mails sont plus patients que le téléphone. C'est heureux pour moi !

40 secondes plus tard
RÉP :

C'est vrai. Et avec les mails, on passe aussi ensemble le temps qui sépare deux messages.

197

30 secondes plus tard
RE :

C'est vrai. C'est le danger.

40 secondes plus tard
RÉP :

C'est vrai. Et c'est aussi ce qui rend dépendant.

50 secondes plus tard
RE :

C'est vrai. Heureusement, je sais me désintoxiquer. Dans cet esprit : salut pour aujourd'hui, cher ami épistolaire. Bernhard fait la cuisine, je vais aller le surveiller. À bientôt ! Emmi.

Chapitre quatorze

Huit jours plus tard
Objet : Café

Bonjour Emmi, peut-être pourrions-nous prendre un café ?

Quatre heures plus tard
RE :

Spontanéité de l'ami épistolaire Leo Leike, qui vient d'avoir cette idée après une semaine de silencieux marasme.

Trois minutes plus tard
RÉP :

Je ne voulais pas vous détourner de votre activité cuisine et surveillance, chère Emmi.

Deux minutes plus tard
RE :

Pas de fausse retenue, cher Leo. Sinon, nous allons t'inviter à dîner. « Pam » peut venir aussi, bien sûr. Aime-t-elle les écrevisses ?

Une minute plus tard
RÉP :

Ce nouvel humour amical et communautaire que tu mets si fièrement en avant est étrange, chère Emmi, même venant de toi. Donc : peut-être pourrions-nous prendre un café ?

Cinq minutes plus tard
RE :

Cher Leo, pourquoi ne dis-tu pas : « Je veux (…) » ? Pourquoi demandes-tu : « Pourrions-nous (…) ? » Ne sais-tu pas ce que tu veux ? Ou alors, te réserves-tu la possibilité de ne pas vouloir, au cas où je ne voudrais pas ?

50 secondes plus tard
RÉP :

Chère Emmi, je veux prendre un café avec toi. Le veux-tu aussi ? Si tu ne veux pas, je ne veux pas non plus, car je ne veux pas, avec toi, contre ta volonté (aller prendre un café). Donc, allons-nous prendre un café ?

Cinq minutes plus tard
RE :

D'accord Leo. Où et quand proposes-tu ?

Trois minutes plus tard
RÉP :

Mardi ou jeudi, vers 16 ou 17 heures ? Tu connais le café Bodinger dans la rue Dreistern ?

40 secondes plus tard
RE :

Oui, je connais. C'est un endroit plutôt sombre.

50 secondes plus tard
RÉP :

Tout dépend où on s'assied. Juste en dessous du grand lustre, il y fait aussi clair qu'au grand café Huber.

30 secondes plus tard
RE :

Et tu veux t'asseoir juste en dessous du grand lustre.

40 secondes plus tard
RÉP :

Peu m'importe où je m'assieds.

20 secondes plus tard
RE :

Pas moi.

40 secondes plus tard
RÉP :

Où préfères-tu t'asseoir, Emmi, sous le lustre ou dans un coin sombre ?

30 secondes plus tard
RE :

Cela dépend avec qui.

20 secondes plus tard
RÉP :

Avec moi.

20 secondes plus tard
RE :

Avec toi ? Je n'y ai pas encore réfléchi, mon Leo.

30 secondes plus tard
RÉP :

Dans ce cas, réfléchis-y, mon Emmi.

Une minute plus tard
RE :

D'accord, j'ai réfléchi. Avec toi, j'aimerais m'asseoir à mi-chemin entre les places dans les coins et celles sous le grand lustre, là où l'éclairage passe de sombre à lumineux. Jeudi à 16 h 30 ?

50 secondes plus tard
RÉP :

Jeudi, 16 h 30, c'est parfait !

Cinq minutes plus tard
RE :

Ah, et qu'attends-tu de notre, un, deux, trois (!), quatre, cinquième rendez-vous ?

Deux minutes plus tard
RÉP :

De même que chaque rendez-vous a été différent du précédent, je m'attends à ce que celui-ci soit différent de ceux qui l'ont précédé.

50 secondes plus tard
RE :

Parce qu'à présent nous sommes amis.

30 secondes plus tard
RÉP :

Oui, peut-être aussi. Et parce qu'une partie de « nous » est décidée à mener le concept d'amitié jusqu'« en rendez-vous ».

Cinq minutes plus tard
RE :

Quel a été le meilleur rendez-vous, Leo ?

50 secondes plus tard
RÉP :

Le dernier en date, le cinquième.

Deux minutes plus tard
RE :

Tu n'as pas réfléchi longtemps ! Parce que c'était le plus court ? Parce qu'il a eu un dénouement (relativement) clair ? Parce que les jalons étaient posés pour l'avenir ? Parce que « Pam » allait arriver ?

40 secondes plus tard
RÉP :

À cause du « souvenir » que tu m'as donné, Emmi.

30 secondes plus tard
RE :

Oh. Tu te rappelles ?

20 secondes plus tard
RÉP :

Je n'ai pas besoin de me rappeler. Je ne pourrai jamais l'oublier. Je le garde toujours avec moi.

40 secondes plus tard
RE :

Mais tu n'en as pas dit un mot.

30 secondes plus tard
RÉP :

Ce n'est pas une affaire de mots.

40 secondes plus tard
RE :

Avec nous, jusqu'ici, tout a toujours été une affaire de mots.

30 secondes plus tard
RÉP :

Ici, non. Ici, je n'en veux pas. Il n'y a que « lui ».

20 secondes plus tard
RE :

Tu « le » sens donc comme avant ?

20 secondes plus tard
RÉP :

Et comment !

40 secondes plus tard
RE :

C'est bien, Leo !!! (Silence. Silence. Silence.) Bien, et maintenant nous sommes de nouveau amis.

30 secondes plus tard
RÉP :

Oui, chère amie épistolaire, je te libère. Tu peux aller surveiller Bernhard qui fait la cuisine. Bonne soirée !

40 secondes plus tard
RE :

Bien, cher ami épistolaire, et tu peux aller assister au séchage de cheveux de « Pam ». Bonne soirée aussi.

30 secondes plus tard
RÉP :

Elle se sèche les cheveux le matin entre sept heures et sept heures trente. (Sauf le week-end.)

50 secondes plus tard
RE :

Pour une fois, je ne demandais pas autant de détails.

Quatre jours plus tard
Objet : Café au Bodinger

Bonjour Emmi, c'est toujours bon pour cette après-midi ? Bise, Leo.

Une heure plus tard
RE :

Bonjour Leo. Oui, bien sûr. C'est juste (...), un petit problème est survenu, un problème d'organisation. Mais tant pis. Non, ce n'est pas un vrai problème. Donc c'est bon pour cette après-midi. 16 h 30. À tout à l'heure !

Trois minutes plus tard
RÉP :

Peut-être pourrions-nous (...), pardon, veux-tu que nous remettions le rendez-vous à plus tard, Emmi ?

Deux minutes plus tard
RE :

Non, non, non. Tout va bien. C'est juste, non, ce n'est pas un vrai problème. À tout à l'heure, cher ami épistolaire ! Cela me fait plaisir !

40 secondes plus tard
RÉP :

À moi aussi !

Le matin suivant
Objet : Invité surprise

Bonjour Leo, il t'aime bien !

Une heure plus tard
RÉP :

Tant mieux.

40 minutes plus tard
RE :

Tu es fâché ? Leo, je ne pouvais pas faire autrement. Son cours de technologie a été annulé, et il voulait absolument venir. Il voulait te rencontrer. Il voulait savoir à quoi ressemble un homme qui écrit des mails à quelqu'un (non, pas à quelqu'un, à sa mère) pendant deux ans. Il trouve ce que nous faisons, ou plutôt ce que nous ne faisons pas, un peu pervers. Pour lui, tu étais un extraterrestre, et donc doublement intéressant. Qu'aurais-je dû faire ? Aurais-je dû dire : « Jonas, non, ça ne va pas, cet homme de la planète Outlook n'est que pour moi » ?

209

Dix minutes plus tard
RÉP :

Oui, Emmi, je suis fâché, et même très fâché ! TU
AURAIS DÛ ME PREVENIR que tu amenais Jonas !
J'aurais pu me préparer.

Cinq minutes plus tard
RE :

Tu aurais annulé notre rendez-vous. Et j'aurais été
déçue. Là, je suis impressionnée par l'assurance dont
tu as fait preuve, par l'attention avec laquelle tu l'as
écouté, par ta gentillesse avec lui. C'est mieux, non ?
Quoi qu'il en soit, Jonas est conquis.

Trois minutes plus tard
RÉP :

Voilà qui va faire plaisir à son père !

Huit minutes plus tard
RE :

Leo, ne sous-estime pas Bernhard. Cela fait longtemps qu'il ne te considère plus comme un concur-
rent. Nos rapports sont clairs. Enfin ! Nous avons,
même si cela peut te paraître décevant, une « relation
raisonnable ». Nous nous y tenons. Et elle fonctionne
bien ! Car une relation, à court ou long terme, ne
peut être qu'une relation raisonnable, tout le reste

210

serait si, si, si – déraisonnable, en termes de relations, si tu vois ce que je veux dire.

Deux minutes plus tard
RÉP :

Et vous m'avez élu pour faire partie de la « relation raisonnable » que vous avez choisie. À l'occasion, pourrais-tu me dire quel rôle je joue dans votre raisonnable structure ? Après avoir virtuellement pris soin de la mère, dois-je à présent me concentrer sur le fils ?

Une minute plus tard
RE :

Leo, cette heure avec Jonas a-t-elle été si atroce que cela ? Crois-moi, cela lui a fait du bien de te voir et de discuter avec toi. Il a été très impressionné par ton exposé sur les méthodes de torture au Moyen Âge. Il veut en savoir plus.

Sept minutes plus tard
RÉP :

Cela me fait plaisir, Emmi. C'est un garçon sympathique. Mais pour être honnête, très, très honnête, peut-être ne comprendras-tu pas, une femme qui a une relation raisonnable et les enfants d'une relation raisonnable ne peut pas comprendre cela, d'ailleurs c'est absurde, c'est prétentieux, présomptueux, c'est mégalomane, une marotte personnelle, c'est aberrant, totalement naïf, irréaliste, extravagant. Tant pis, je te le dis quand même : c'est TOI que je voulais voir, et c'est avec TOI que je voulais discuter, Emmi. C'est pour cela que j'avais convenu d'un rendez-vous avec TOI. Avec TOI, à deux.

Deux minutes plus tard
RE :

Nous nous sommes quand même vus (pour mon plus grand plaisir). Et pour ce qui est de discuter, nous pouvons nous rattraper. As-tu du temps la semaine prochaine ? Mardi, mercredi, jeudi ? Peut-être même un peu plus longtemps ?

Trois heures plus tard
Objet : Ohé

Ohé Leo, tu es encore en train d'étudier ton agenda ?

Cinq minutes plus tard
RÉP :

La semaine prochaine, je pars à Boston avec Pamela.

212

Trois minutes plus tard
RE :

Ah ! Ah bon. Aha. Mmh. Je comprends. C'est sérieux ?

Une minute plus tard
RÉP :

C'est un des sujets dont je t'aurais volontiers parlé.

40 secondes plus tard
RE :

Dans ce cas, ne te défile pas, fais-le ! Par écrit !

Dix minutes plus tard
Pas d'objet

S'il te plaît ! (S'il te plaît, s'il te plaît, s'il te plaît !)

Une heure plus tard
Pas d'objet

D'accord, ne fais rien et sois vexé ! Cela te va bien, Leo ! J'adore les hommes vexés. Je les trouve follement érotiques. Ils détiennent la première place sur ma table d'Éros : les fans de formule 1, les passionnés de salons du tourisme, les hommes à sandales, ceux

213

qui fréquentent les kiosques à bière, et les hommes vexés ! Bonne nuit.

Le soir suivant
Objet : Illusion d'absolu

Bonjour Emmi, il n'est pas facile de t'expliquer ma situation, mais je vais essayer. Je commence avec une citation d'Emmi : « Une seule personne ne peut pas tout donner. » Tu as raison. Très pertinent. Très intelligent. Très raisonnable. Avec cette idée en tête, on ne risque jamais d'en demander trop à l'autre. Et, la conscience tranquille, on peut se contenter d'apporter à son bonheur des contributions éparses. On économise son énergie pour les moments difficiles. On peut vivre comme cela. On peut se marier. On peut élever des enfants. On peut tenir ses promesses, bâtir une « relation raisonnable », la consolider, la négliger, l'arracher du sommeil, la sauver, la recommencer, lui faire traverser, surmonter les crises. Tâches difficiles ! J'admire, vraiment. Seulement : je ne peux pas, je ne veux pas faire comme cela, je ne pense pas comme cela, je ne fonctionne pas comme cela. Certes, je suis adulte, et après tout j'ai deux ans de plus que toi, mais ELLE m'accompagne toujours, et je ne suis pas (encore) prêt à me séparer d'elle : de l'« illusion d'absolu ». La réalité : « Une seule personne ne peut pas tout donner. » Mon illusion : « Mais elle devrait en avoir envie. Et elle ne devrait jamais arrêter d'essayer. »

Marlene ne m'a pas aimé. J'étais prêt à « tout » lui donner, mais mon offre ne l'a pas particulièrement intéressée. Elle en a accepté un peu, par reconnaissance ou par pitié, et m'a laissé le reste. Au final, il y en a eu juste assez pour une demi-douzaine de tentatives de recommencements. La chute est arrivée vite, et a été violente, du moins pour moi. Avec Pamela, c'est différent. Elle m'aime. Elle m'aime vraiment. N'aie pas peur, Emmi, je ne vais pas t'ennuyer encore une fois avec les détails de notre harmonie. Le problème : Pamela ne se sent pas bien ici. Elle a le mal du pays, tout lui manque, sa famille, ses amis, ses collègues, ses cafés, ses habitudes. Elle le laisse à peine transparaître, elle veut me le cacher, elle veut m'épargner, parce qu'elle sait que cela n'a rien à voir avec moi et parce qu'elle pense que je ne peux rien y faire.

Bien, j'ai acheté deux billets pour Boston pour faire la surprise à Pamela. Elle était tellement heureuse qu'elle a versé assez de larmes pour un an. Depuis, elle est transformée, comme si elle était sous l'effet d'une drogue euphorisante. Elle pense qu'il ne s'agit que de deux « semaines de vacances », mais pour moi, il n'est pas exclu qu'elles se prolongent. Sans le lui dire, j'ai convenu d'un entretien avec l'institut de philologie, peut-être obtiendrai-je, à plus long terme, un emploi.

Emmi, je ne suis pas attiré par Boston, pas du tout. J'aimerais tant rester ici – pour plusieurs raisons, non, pas pour plusieurs raisons, pour une raison bien particulière. Mais cette raison est si (…), comment dirais-tu ? « Cette raison est si, si, si – déraisonnable. » Elle

215

est dénuée de tout fondement. C'est une création de l'esprit. Non, pire : c'est une création des tripes.

Mon avenir avec Pamela, s'il existe, se trouve probablement à quelques milliers de kilomètres d'ici. Je crois que j'ai plus de facilités qu'elle à quitter mes habitudes et à m'adapter à un nouvel environnement.

Son bonheur m'encourage. J'aimerais la voir longtemps comme elle était ces derniers jours. Et je veux qu'elle continue à me regarder comme elle le fait depuis quelques jours. Elle me regarde comme un homme qui a la capacité de lui donner « tout ». Non, ce n'est pas la capacité, mais la volonté. Entre les deux, il y a l'illusion. Et je veux la conserver encore un moment. À quoi bon vivre, sinon pour une « illusion d'absolu » ?

Deux heures plus tard
RE :

« Elle m'aime. Elle m'aime vraiment. » « Je veux tout lui donner. » « J'ai plus de facilités à quitter mes habitudes. » « J'ai plus de facilités à m'adapter. » « Son bonheur m'encourage. » « Si seulement elle pouvait continuer à me regarder comme elle le fait depuis quelques jours ! » (...)

Leo, Leo, Leo ! Pour toi, aimer signifie actionner le levier du bonheur de quelqu'un d'autre. MAIS TOI, OÙ ES-TU ? Qu'en est-il de ton bonheur ? Que fais-tu de tes souhaits ? N'en as-tu aucun ? As-tu seulement ceux de « Pam » ? Ne te reste-t-il que des créations des tripes ? – Tu me fais de la peine. Non, je

me fais de la peine. Non, nous me faisons tous les
deux de la peine. Cette nuit a quelque chose de triste.
Sombre fin de printemps. Calme plat. Marasme. Je
vais boire un whiskey. Ensuite, je déciderai si j'en bois
un autre. J'agis en effet en fonction de mes désirs. Et
je recherche MON bonheur. Par bonheur. Ou par
malheur. Aucune idée. Tu es un homme adorable,
Leo ! Vraiment un homme adorable ! Mais es-tu capable d'aimer, ou seulement d'être aimé ? Bonne nuit.
Emmi.

Deux jours plus tard
Objet : Quatre questions

1. Comment vas-tu ?
2. Quand partez-vous ?
3. Vas-tu m'écrire encore quelques mots ?

Trois minutes plus tard
RÉP :

Il n'y avait que trois questions !

30 secondes plus tard
RE :

Je sais. Je voulais juste vérifier si tu étais encore
assez attentif pour les compter.

217

Huit minutes plus tard
RÉP :

Pour 1. Je ne vais pas particulièrement bien. J'ai attrapé une autre sorte de « création des tripes » : une infection intestinale. Quand je dois partir en voyage à deux, je suis toujours malade. C'était déjà le cas avec Marlene.

Pour 2. Nous partons demain matin (si la cuvette des toilettes rentre dans mon bagage à main).

Pour 3. Encore quelques mots ? Emmi, j'ai été accablé par ton mail sur la sombre fin de printemps. Je ne savais pas quoi répondre. Il n'existe pas de mode d'emploi qui donne un plan pour situer le bonheur. Chacun le cherche à sa façon, aux endroits où il pense pouvoir le trouver. Mais peut-être était-ce trop demander d'attendre de toi quelques mots encourageants pour mon « opération Boston ».

30 minutes plus tard
RE :

Tu as raison, Leo. Pardon, mais pour moi « Boston » a une connotation désespérément négative, c'est tout ce que cela voulait dire. Crois-moi : j'admire ta volonté de « tout » donner à une femme, je la trouve courageuse, fascinante. (J'ai effacé « noble » et « très gentleman ».) Je te souhaite beaucoup de bonnes choses, tout le bonheur du monde. Sans parler de mode d'emploi et de plan : chacun définit le bonheur à sa façon, je le définis plutôt en fonction de moi, toi plutôt en fonction de « Pam ». J'espère que tu y trouveras ton compte.

Ah oui, ma psychothérapeute a pensé qu'avant que tu ne partes, je pourrais éventuellement te faire savoir que je me réjouirais si tu revenais, je veux dire, après les deux semaines. Elle pense que je ne devrais pas hésiter à t'avouer que j'attends ton retour, parce que je trouve si, si, si… – si agréable que tu sois là, quand tu es de retour, très agréable. Tu comprends ? Et essaie les galettes de riz, pas les bananes. Les bananes n'aident pas du tout. Les bananes sont le plus gros mensonge de l'histoire de la diarrhée. Bon courage, mon Leo !

Cinq minutes plus tard
RÉP :

Et quatrièmement ?

Deux minutes plus tard
RE :

Ah oui, quatrièmement !

4. Quand tu reviendras, pourrons-nous nous voir à quatre ? Fiona aimerait faire ta connaissance. Jonas lui a raconté que tu étais du genre Kevin Spacey, mais sans cheveux. Fiona adore Kevin Spacey, même sans cheveux, bien qu'à mon avis ils fassent partie de ses traits les plus intéressants. Mais je crois que de toute façon Jonas confond Kevin Spacey avec cet acteur un peu bourge, celui qui a le visage tout en longueur,

comment s'appelle-t-il ? Je ne sais plus. Leo, allons-nous nous revoir bientôt ? Dis oui !

Une minute plus tard
Objet : DIS OUI !

Regarde l'objet, et fais-le !

50 secondes plus tard
RÉP :

Oui ! Oui ! Oui ! Désolé, j'étais aux toilettes. Et je ne peux pas faire une phrase trop longue, sinon je vais devoir m'arrêter en plein milieu. À bientôt, mon Emmi !

Chapitre quinze

Huit jours plus tard
Objet : Chez moi, c'est « toi »

Chère Emmi, Boston s'est emparé de moi depuis une semaine. Quand la ville a attrapé quelqu'un, elle ne le laisse plus s'échapper. Dans le quartier où nous logeons, Pamela connaît une famille sur cinq, et parmi celles-ci, une sur deux nous invite à manger. En gros : nous mangeons à peu près huit fois par jour chez une connaissance ou une autre. Et je ne compte pas les visites à la famille. Cela te semble peut-être horriblement petit-bourgeois. Mais cela me plaît, l'amabilité de ces gens est contagieuse, du soir au matin je vois des visages ouverts, rieurs, rayonnants. Et ce rayonnement s'étend à moi. Tu sais que j'ai une relation singulière au bonheur. Il me vient en général de l'extérieur, rarement de l'intérieur. Rarement, mais quelques fois. Emmi, cela me fait du bien de penser à toi ! Il faut que je donne plus de poids à cette phrase : EMMI, CELA ME FAIT DU BIEN DE PENSER À TOI ! J'avais atrocement peur d'une renaissance des

221

sentiments douloureux qui m'avaient poussé à chercher à Boston un refuge, un repaire. Je te suis si
reconnaissant de ne pas avoir verrouillé la porte de
derrière par laquelle j'avais, à l'époque, quitté notre
« nous ». À présent, même aussi loin, je peux être « à
la maison » sans pincement au cœur : chez moi, c'est
là où tu es, Emmi. Je me réjouis d'être bientôt plus
proche de toi dans l'espace. Je me réjouis à l'idée de
notre prochain rendez-vous. N'hésite pas à emmener
quelques-uns de tes enfants – surprise en pleine
puberté. Et un jour, je te divulguerai quelque chose
sur : toi et « lui » et moi. Bien, maintenant nous
sommes invités à dîner chez Maggy Wellington, une
copine de fac de Pamela. À bientôt, ton ami épistolaire, Leo.

Quatre jours plus tard
Objet : Arrivé ?

Chère Emmi, il y a quelques jours je t'ai envoyé un
mail de Boston. Je ne sais pas s'il est arrivé, j'ai reçu
un message d'erreur. Je t'en résume le contenu en
deux phrases : 1. Je vais bien, mais/et tu me
manques ! 2. Je me réjouis à l'idée de notre prochain
rendez-vous ! À bientôt, Leo, ton ami épistolaire.

Trois jours plus tard
Objet : Arrivé ?

Bonjour Leo, tu as atterri ? L'appartement 15
t'a-t-il récupéré ? Merci pour ton gentil courrier des

222

États-Unis ! Je résume tes deux mails de la côte Est par le classement géographique suivant. 1. Chez toi, c'est là où se trouve ton amie épistolaire Emmi. 2. Boston, c'est là où les visages rayonnent et où tu peux rendre « Pam » heureuse de l'intérieur (et toi, du même coup, de l'extérieur). Question : Sais-tu où est ta place ? Et à partir de quand ? Bises, Emmi.

Et, oui : divulgue-moi quelque chose sur « toi et "lui" et moi » !

Le matin suivant
Objet : Resté ?

Ou bien es-tu resté à Boston ?

Sept heures plus tard
Pas d'objet

Chère Emmi, j'ai commis hier une grave erreur. J'ai parlé de toi à Pamela. Je te ferai signe quand je pourrai. Je t'en prie, n'attends pas ! Je t'embrasse, Leo.

Dix minutes plus tard
RE :

Ah, Leo !!! Pourquoi faut-il toujours que tu fasses ce qui est raisonnable au moment le plus déraisonnable ? D'accord, je n'attends pas. Je t'embrasse, Emmi.

Un jour plus tard
Pas d'objet

Non, je n'attends pas.

Un jour plus tard
Pas d'objet

Comme je te l'ai dit, je n'attends pas.

Un jour plus tard
Pas d'objet ·

Je n'attends pas, je n'attends pas.

Un jour plus tard
Pas d'objet

Je n'attends pas, je n'attends pas, je n'attends pas.

Un jour plus tard
Pas d'objet

Je n'attends pas, je n'attends pas, je n'attends pas,
je n'attends pas.

Un jour plus tard
Objet : Fini !

J'en ai assez de ne pas attendre ! J'attends !

Six heures plus tard
Objet : Leeeo ?

Tu ne veux plus m'écrire ou tu ne peux plus
m'écrire ou tu n'as plus le droit de m'écrire ? Que lui
as-tu dit de moi ? QUOI ? QUOI ? QUOI ? Leo, si tu
définis un peu ton bonheur en fonction du mien, tu
dois le ressentir : tu me rends malheureuse comme
les pierres. Je t'en prie, actionne le levier. Arrête de
tourner autour du pot ! Très amèrement, Emmi.

Une heure plus tard
Objet : Conseiller fiscal !

Leo, tu me forces la main : je compte jusqu'à dix,
ensuite j'appelle mon conseiller fiscal et je prends
rendez-vous pour demain. Tu sais ce que cela veut
dire. Et je parle parfaitement l'anglais américain
quand il s'agit d'éclaircir des affaires personnelles.
Un. Deux. Trois. (…)

Le matin suivant
Objet : Ultimatum

Bonjour Leo, ma psychothérapeute pense que je
devrais t'écrire un dernier mail, que je devrais te dire
que c'est le dernier si tu ne me réponds pas à l'instant
– et même plus vite que cela – et que ce devrait
vraiment être le dernier. Ça, je m'en porte garante !
Elle va plus loin, elle pense que je devrais te proposer
un rendez-vous pour que nous parlions de tout cela.

225

Et que je devrais impérativement ajouter que je ne veux pas que « Pam » soit au courant de ce rendez-vous, ou l'apprenne après, car cela ne concerne que nous deux, et personne d'autre. Ma thérapeute a-t-elle été assez claire ? Dans l'attente de ta réponse immédiate, Emmi.

Trois heures plus tard
RÉP :

Chère Emmi, je t'en prie, laisse-moi encore du temps. Elle est bouleversée, elle rentre dans sa coquille. Il faut que j'arrive à regagner sa confiance, pour pouvoir construire un dialogue avec elle. Ta psychothérapeute me donnera sûrement raison, si je dis que je dois d'abord mettre les choses au clair avec elle, avant que nous deux, toi et moi, nous puissions nous voir. Mon conflit avec Pamela n'est pas encore réglé, peut-être n'a-t-il même pas encore éclaté. Il faut qu'elle parle, qu'elle s'épanche, qu'elle me dise en face ce qui la blesse autant, ce qui la fait souffrir, ce qu'elle a à me reprocher. Je suis devant l'entrée d'un passage obscur, que je dois traverser avec elle. Tu ne peux pas venir, tu dois rester dehors, à l'air libre. Mais quand je serai au bout, je te raconterai tout, tout ce qui nous concerne toi et moi. Promis ! Chère Emmi, je t'en prie, sois patiente et ne disparais pas de ma vie ! Il y a longtemps que je ne m'étais pas senti aussi mal.

226

Une heure plus tard
RE :

Je ne vais pas disparaître de ta vie, cher Leo. Mais TU vas disparaître de la mienne. Tu vas traverser le passage obscur avec « Pam », et, à la fin, vous verrez rayonner le clair soleil bostonien. Ne t'inquiète pas, tu vas mettre les choses « au clair » avec elle. Et ce « clair » ne peut avoir qu'une seule signification : plus aucun contact entre toi et moi. C'est la seule chance de maintenir debout ta chancelante « illusion d'absolu ». Je n'ai aucune idée de ce que tu lui as raconté sur nous. Apparemment, tu ne lui as pas dit que nous étions de vieilles connaissances ou des amis occasionnels, qui s'écrivent de temps en temps. À la place de « Pam », si je savais ne serait-ce qu'une partie de la vérité, je prendrais un mégaphone pour te hurler dans l'oreille toutes les minutes « Never ever Emma again ! » Peut-être est-elle trop timide, trop prudente, trop polie pour cela. Elle se contentera de le penser. Mais cela n'enlève rien à cette conséquence logique : terminer cette histoire avec Emmi. « Pam » va l'exiger. Et je la comprends ! Et tu vas le faire. Car je te connais.

Bien, Leo, et maintenant tu as tout le temps qu'il te faut pour mettre les choses « au clair ». D'abord avec elle, puis avec moi. Et peut-être un jour avec toi-même. C'est tout ce que je te souhaite. Je t'embrasse, Emmi.

Trois jours plus tard
Objet : Spiderman

Bonjour Leo, je dois te passer le bonjour de Jonas. Il veut aller avec toi (et avec moi, s'il faut vraiment que je sois là) au cinéma, voir « *Spider-man 3* ». Ou alors « *Le Retour du Jedi* », si tu as trop le vertige. Son père fait une tournée de trois semaines en Asie. Il joue tous les jours devant des salles de concert pleines. Et en Asie, quand les salles de concert sont pleines, elles le sont cinq fois plus qu'ici.

En fait, je voulais juste te faire savoir que, comme promis, je n'ai pas encore disparu de ta vie. Je t'embrasse, Emmi.

Dix minutes plus tard
RÉP :

Merci, Emmi !!!

Une minute plus tard
RE :

Ah, tu vois, Leo, cela me suffit ! Écris-moi une fois par semaine « Merci, Emmi », n'oublie pas d'ajouter trois points d'exclamation – et je tiendrai sans problème encore un an ou deux « à l'air libre ».

Quatre jours plus tard
Objet : Chaud

Il fait chaud aujourd'hui, non ?

(Si tu n'as ni le temps ni la force de réfléchir à une réponse personnelle, je te conseille : « Oui, très chaud !!! » ou « Il faut boire beaucoup d'eau !!! » S'il te plaît, n'oublie pas les points d'exclamation !!!)

Sept heures plus tard
Pas d'objet

Dommage. Cette fois je comptais vraiment sur toi.

Le soir suivant
Objet : Lueur

Le passage est-il toujours aussi sombre ? Vois-tu déjà une lueur à l'horizon ? Est-ce qu'elle rougeoie ? Dans ce cas, c'est moi. (Coup de soleil.)

Le matin suivant
Objet : Quoi exactement ?

Cher Leo, qu'as-tu raconté sur nous à « Pam » ? Lui as-tu avoué les détails les plus problématiques ? Par exemple :

a. Que nous avons une relation par mails depuis deux ans et demi.

229

b. Que tu avais fui à Boston pour ne pas mettre mon mariage en danger.

c. Qu'après ton retour nous nous sommes retrouvés dans le monde virtuel, et rencontrés cinq fois dans le monde réel.

d. Que nous avons couché ensemble une fois.

e. Si d., quelles étaient les circonstances qui ont mené à d., et comment tu as vécu ce d.

f. Que nous nous sommes vus quelques minutes la veille de son emménagement.

g. Ce que je t'ai laissé en « souvenir ».

Et as-tu au moins ajouté quelque chose pour t'en sortir ?

Par exemple :

h. Que notre relation peut à présent être décrite comme « intime, platonique, amicale ».

i. Que notre amitié épistolaire ne porte pas atteinte à votre vie commune.

j. Que je ne t'enlève rien d'elle, et que je ne lui enlève rien de toi.

k. Parce que de toute façon, je suis retournée dans ma famille, pour vivre une relation raisonnable sans pareille, après une petite pause bien méritée.

l. Et parce que de toute façon, vous allez bientôt émigrer à Boston.

Cinq minutes plus tard
RÉP :

a., b., c., d., e., f., h., i., j., k., l.

Une minute plus tard
RE :

Tout ? L'ensemble ? La gamme complète ? Leo, tu es fou ? À sa place, je ne t'enverrais même pas au diable, parce qu'alors tu serais trop loin pour que je puisse t'arracher un à un les poils de la barbe.

30 secondes plus tard
RE :

Au fait, je savais bien qu'on pourrait avoir une super discussion avec toi sur le sujet !

40 secondes plus tard
RE :

Eh Leo. Je viens de m'en apercevoir : tout sauf g. Tu as omis g. Certes, tu as confessé à « Pam » que tu avais été impliqué avec moi dans un acte sexuel. Tu lui as même dépeint ce que tu avais ressenti (ou ce que tu n'avais pas ressenti). Mais tu ne lui as pas parlé du souvenir que je t'avais laissé ? Pourquoi ?

Une minute plus tard
RÉP :

Parce que je voulais que mon secret le plus fort et le plus beau avec toi reste à toi et à moi.

231

Deux minutes plus tard
RE :

J'ai dû lire la phrase deux fois, mais c'était bien dit ! Ou, dans ton jargon avare de mots : merci, Leo !!!

Six jours plus tard
Objet : Disparue ?

Chère Emmi, as-tu disparu de ma vie ? Je ne pourrais même pas t'en vouloir.

Un jour plus tard
Objet : Quand ?

Leo, de nous deux, c'est toi le silencieux ! Dis-moi : quand émigrez-vous à Boston ?

Cinq minutes plus tard
RÉP :

S'il te plaît, Emmi, encore quelques jours de patience. Dans une semaine, je te dirai tout. TOUT !

Sept minutes plus tard
RE :

Tu as le droit de TOUT me dire dans une semaine ? Ou tu dois TOUT me dire dans une semaine ? Pam

232

doit-elle savoir que tu me diras TOUT dans une semaine ? Ou est-ce Pam qui exige que tu me dises TOUT dans une semaine ? Pourquoi dans une semaine ? Que va-t-il se passer pendant cette semaine ? D'accord, je vois, je ne le saurai que dans une semaine. Salut ! À dans une semaine !

Quatre minutes plus tard
Objet : Istrie

Ah, au fait : dans une semaine et deux jours, Bernhard revient du Japon. Et dans une semaine et quatre jours, nous partons en vacances avec les enfants en Istrie. Au cas où tu envisagerais encore de me voir avant, pour TOUT me dire, sois fidèle à ton calendrier ! Ton Emmi te souhaite une semaine réussie.

Six jours plus tard
Objet : Il serait temps

Bonjour Leo, demain la semaine sera finie. Qu'en est-il du TOUT ? Où est ce TOUT ? Qu'est ce TOUT ?

Un jour plus tard
Objet : Tout (est fini)

Chère Emmi, Pamela et moi nous sommes séparés. Lundi, elle part seule à Boston. C'est TOUT.

233

Dix minutes plus tard
RE :

Cher Leo, je dois admettre que c'est beaucoup. Mais ce ne peut pas avoir été TOUT. Ce ne peut pas, d'un coup, AVOIR ÉTÉ tout. Je n'y crois pas. Courage ! Veux-tu me voir ? Veux-tu t'exprimer et pleurer dans mes bras ? Si c'était le cas, je serais à partir de maintenant à ta disposition 24 h/24, pour ainsi dire, et ce encore deux jours entiers. Si tu veux me voir, viens me voir ! Si tu ne sais pas si tu veux voir quelqu'un, alors juste moi ! Par contre, si tu es sûr que tu ne sais pas si cela te ferait du bien de me voir, car tu ne peux pas le savoir, ne viens pas me voir. Oh si, viens quand même ! Donc. Point. Je ne voulais pas me proposer de façon plus discrète. Je ne peux pas me proposer de façon plus pressante. Et je ne me proposerai plus jamais de façon plus pressante. Vraiment !

15 minutes plus tard
RÉP :

Chère Emmi, dans quelques heures je serai dans le train pour Hambourg. Je vais voir ma sœur Adrienne, et je vais rester chez elle jusqu'à jeudi. Tu pars en Croatie avec ta famille mercredi, non ? Dans ce cas, nous nous verrons après. Je sais, Emmi, tu brûles de savoir ce qui s'est passé. Tu en as le droit. Et j'ai besoin de t'en parler. Vraiment ! Tu connaîtras l'histoire sous toutes ses facettes, je te le promets. Laissons seulement passer Hambourg et la Croatie. Il faut que j'y voie plus clair. J'ai besoin de prendre mes distances

– avec Pamela et avec moi. Pas avec toi, Emmi, crois-moi, pas avec toi !

Huit minutes plus tard
RE :

La distance entre toi et moi ne peut de toute façon pas être plus grande, mon Leo. Leo, tu me rends folle avec tes éternels délais, refus, reports et volte-face taciturnes ! À mon retour d'Istrie, tu vas probablement m'annoncer tes fiançailles avec « Pam ». Mais malheureusement tu ne pourras m'expliquer aucune des « facettes » de cette décision. Car il faudra que tu « y voies plus clair ». Leo, je ne peux plus ! Ne sois pas fâché : quel que soit ce que tu attends pour me dire quelque chose d'important sur toi, je n'attends plus avec toi. Depuis que je te connais, j'attends. J'ai attendu trois fois plus pendant ces deux ans et demi que pendant les trente-trois qui les ont précédés. Si seulement, à un moment, j'avais su pourquoi ! Je suis fatiguée d'attendre. J'ai trop attendu. Désolée ! (Bien, et maintenant tu vas recommencer à ne rien dire et à bouder.)

Une minute plus tard
RÉP :

Non, Emmi, je parle encore, et je ne boude pas. Je pars à Hambourg. Et je reviendrai. Et je t'écrirai. Et je ne t'annoncerai pas de fiançailles. Je t'embrasse. Leo.

Chapitre seize

Cinq jours plus tard
Objet : Mes adieux à Pamela

Bonjour, chère Emmi. L'appartement 15 passe le
bonjour à la Méditerranée ! Je suis de retour. Je suis
là de nouveau. Je suis moi de nouveau. Je suis assis
sur la terrasse devant mon ordinateur portable. Derrière moi – un de ces pitoyables et arides appartements
masculins, qui viennent d'être quittés par une femme.

Je l'ai eue hier au téléphone. Elle est bien arrivée,
il pleut à Boston. Incroyable, nous sommes à nouveau
capables de nous parler, sur un ton cassant, la gorge
sèche, en avalant notre salive avec difficulté, avec des
sons étranglés et des grincements de dents, mais nous
en sommes capables. Il n'y a qu'une semaine que nous
avons réussi la prouesse de nous quitter en même
temps, sans préavis, et sans donner de raisons. J'ai
commencé : « Pamela, je crois que nous devrions. »
Pamela a complété : « En rester là, tu as raison ! »

Nous étions quittes, nous avions échoué ensemble,
avec élégance, parfaitement, en tenant admirablement

237

les notes, « synchros ». Nous avons étalé nos décep-
tions devant nous, nous les avons mises en tas et
réparties équitablement. Chacun a pris sa part. Voilà
comment nous nous sommes quittés. Au moment des
adieux, nous nous sommes étreints, embrassés, tapé
dans le dos. Sans le dire, nous nous sommes ainsi fait
part de nos « sincères condoléances ». Nous pleurions
tous les deux, parce que nous étions touchés par les
larmes de l'autre. C'était comme un enterrement,
comme si nous avions perdu un parent commun. Et
c'est le cas ! Nous lui donnions seulement un nom
différent. Pour Pamela, elle s'appelait confiance, pour
moi illusion. (La suite arrive, j'envoie ce mail et je me
fais un café. À tout de suite !)

Dix secondes plus tard
Objet : Message d'absence

JE SUIS ACTUELLEMENT EN VACANCES ET NE
CONSULTERAI MES MAILS QUE LE 23 JUILLET. COR-
DIALEMENT, EMMI ROTHNER.

30 minutes plus tard
RÉP :

Je m'y attendais, Emmi. Et c'est très bien ainsi ! Je
ne sais pas si tu veux entendre ce que j'ai à dire. Je
ne l'apprendrai pas avant une semaine et demie. Bien,
et maintenant je vais pouvoir reprendre librement,
mon Emmi :

238

Pamela était la première femme qui ne me faisait pas penser à toi, que je ne comparais pas à toi, qui n'avait rien de toi, mon idéal virtuel, et qui m'attirait quand même. Je l'ai vue, et j'ai su que je devais tomber amoureux d'elle. Là était mon erreur de jugement, ma mauvaise décision : le « devoir », le plan, l'intention, mes efforts soutenus. Je me suis acharné à l'aimer. Je me suis investi corps et âme. Jusqu'au dernier moment, j'ai tout fait pour y arriver. Sauf une chose : je ne me suis pas demandé si j'y arrivais vraiment.

Il y a eu trois phases avec Pamela. Quatre mois à Boston : c'étaient mes meilleurs moments avec elle, c'étaient MES moments avec elle, je n'en regrette pas une seule seconde. L'été dernier, quand je suis rentré d'Amérique, tu étais là, Emmi. Encore, toujours : TOI ! Mon armoire pleine de sentiments rangés avec soin. Comme j'ai été naïf de croire qu'ils auraient pu disparaître d'eux-mêmes. Tu m'as vite rappelé qu'il n'y avait pas de fin sans début. Nous nous sommes rencontrés. Je t'ai vue. JE T'AI VUE ! Que pouvais-je te dire à l'époque ? Que puis-je te dire à présent ? J'étais dans ma deuxième phase avec Pamela : une relation à distance, entrecoupée de voyages de découverte grisants et de désirs violents d'une vie de couple normale, avec achat de pain et de lait, changement du sac de l'aspirateur. Comment ai-je passé le temps en attendant mon avenir ? Avec toi, Emmi. Avec qui ai-je partagé ma vie dans l'espace virtuel ? Avec toi, Emmi. Avec qui ai-je vécu dans le secret de mon âme ? Avec toi, Emmi. Toujours et seulement avec toi. Et mes plus beaux rêves avaient à présent un visage. Ton visage.

Puis, Pamela est venue, est restée. Phase trois. J'ai actionné le commutateur central dans ma tête : Emmi off, Pamela on. – Une manœuvre brutale. Tourner toute ma concentration vers la « femme pour la vie », l'élue, qu'il fallait aimer. L'« illusion d'absolu » mise en pratique. Tu m'avais mis sur la piste, je croyais pouvoir faire mieux que Bernhard et toi avec votre « mariage raisonnable ». Peut-être voulais-je aussi te le prouver. Je me suis efforcé de tout faire pour rendre Pamela heureuse. Au début, elle s'est sentie choyée et protégée. Cela me faisait du bien, c'était une diversion habile, une sage thérapie : ne pas trop m'écouter, ne pas trop rêver à Emmi. J'excusais et je compensais chaque mail personnel que je t'envoyais, chaque pensée intime que je te dédiais par un geste d'affection envers Pamela. C'était ma façon de me redonner bonne conscience. Mais elle ne s'est pas laissé longtemps impressionner par mon excédent de déclarations d'amour. Elle a bientôt été irritée, elle a eu l'impression que je lui en demandais trop, elle s'est sentie acculée. Elle avait besoin d'air, d'espace, de se réfugier à domicile. Il n'y avait qu'un endroit : Boston. C'était pour moi la dernière chance de concrétiser mon illusion.

Tu as lu mes mails. Nos vacances d'observation se sont assez bien passées pour que je puisse m'imaginer vouloir aller avec elle sur la côte Est. Nous voulions « émigrer » au début de l'année prochaine, les jalons étaient posés, un emploi et un appartement en vue.

Mais après, mais après, mais après. (…) Oui, après je lui ai parlé de toi, Emmi.

Prends du bon temps sur la plage ! Leo.

Huit heures plus tard
RE :

Pourquoi lui as-tu parlé de moi ?

Bonjour Leo, au fait. Tu n'as quand même pas cru sérieusement que j'allais t'épargner mes sous-entendus pendant une semaine et te laisser déverser tes analyses mélodramatiques sur tes phases avec « Pam », pour qu'ensuite tu disparaisses de nouveau pendant des mois dans l'atmosphère. À propos d'atmosphère : je me trouve en ce moment dans un magnifique cybercaveau/café aux murs noirs, d'environ 3 m², baigné dans une obscurité étudiée et bercé de *death metal*. Un endroit parfait pour les jeunes Croates percés héritiers du mouvement *no future* et dans lequel un fumeur passif inhale plus en cinq minutes que le gros fumeur moyen en une heure. Enveloppée comme je le suis dans un nuage à l'éclairage nihiliste, tes considérations tardives sur « Pam » me semblent particulièrement bizarres. Donc vas-y, n'aie pas peur de continuer ! Pourquoi lui as-tu parlé de moi ? Que s'est-il passé ensuite ? Que se passe-t-il à présent ? Une de ces après-midi, je viendrai chercher tes notes sur le sujet dans ce charmant café internet, du moins si mon poumon n'est pas parti en fumée d'ici là. Bisous, Emmi.

PS (très classique) : je me réjouirais de te revoir !

Un jour plus tard
Objet : Point de contact

Chère Emmi, cela fait plaisir de te voir dans une forme aussi éblouissante. L'air de la mer et des caveaux croates est visiblement excellent pour ta sensibilité.

1. Pourquoi ai-je parlé de toi à Pam, enfin à Pamela ? – Il le fallait. Sur un point, je ne pouvais rien changer. C'était TON point, Emmi ! Celui que j'ai une fois défini et situé ainsi : « Sur la paume de ma main gauche, à peu près au milieu, là où la ligne de vie, gênée par deux arcs de chair, se dirige vers l'artère. » C'est l'endroit où, lors de notre deuxième rendez-vous, tu m'as touché sans le vouloir. Il est resté, en ce qui concerne Emmi, mon point de sensations ultime, prolongé pour l'éternité.

Des mois plus tard, lors de notre fameux rendez-vous de cinq minutes, la veille de l'arrivée de Pamela, tu m'as laissé ton « souvenir », ton « cadeau ». Étais-tu consciente de la portée de ton geste ? As-tu pressenti ce que tu allais provoquer ? « Chuut », as-tu murmuré. « Ne dis rien, Leo ! Rien ! » Tu as pris ma main gauche, tu l'as portée à tes lèvres et tu as embrassé notre point de contact. Tu l'as encore une fois caressé avec le pouce. Tes mots d'adieu : « Salut, Leo. Bonne chance. Ne m'oublie pas ! » Et la porte s'est refermée. Des centaines de fois j'ai rejoué cette scène dans ma tête, des milliers de fois j'ai imité ton baiser sur ce point. Comme la description des états d'excitation sexuelle ne compte pas parmi mes points forts, je préfère laisser de côté ce qui s'est passé en moi à ces moments-là.

Quoi qu'il en soit, il ne m'était plus possible d'avoir des relations sexuelles avec Pamela sans ressentir ton point, ta présence, sans penser à toi. Ainsi, ma toni-truante théorie sur la trahison a été mise à mal. Te rappelles-tu les mots que je t'avais écrits ? « Mes sen-timents pour toi n'enlèvent rien à ceux que j'ai pour elle. Ils n'ont rien à voir. Ils ne sont pas en concur-rence. » Absurde ! Intenable ! Déconnecté de la réa-lité. Démenti par un seul petit point. Pendant longtemps, j'ai refusé d'admettre que ma main gauche évitait le corps de Pamela, je n'ai pas voulu voir qu'elle adoptait une attitude défensive et qu'elle était décidée à protéger son secret à tout prix, à le cacher dans son poing.

Pamela a dû finir par le remarquer. Ce soir-là, elle a attrapé avec énergie ma main revêche, elle s'est efforcée par tous les moyens d'ouvrir mon poing, en a fait un jeu, s'est mise à rire aux éclats, a augmenté la pression, s'est agenouillée sur mon avant-bras. Au début, j'ai résisté avec force. Mais j'ai finalement pris conscience de mon impuissance à cacher, sur le long terme, toute notre histoire entre cinq doigts. D'un coup, j'ai libéré ma main de son emprise, j'ai ouvert mon poing, je le lui ai mis devant la figure, et j'ai articulé – je me sentais misérable, à sa merci, humilié, irrité, sur le banc des accusés : « Voilà, tu l'as ! Tu es contente ? » Elle était consternée, m'a demandé ce qui m'arrivait, si elle avait fait ou dit quelque chose de mal. Je me suis contenté de m'excuser. Pamela ne savait pas du tout pourquoi. Après, je ne pouvais plus faire autrement : je lui ai parlé de toi.

Dans un premier temps, je voulais juste prononcer ton nom et ressentir ce qui se passait en moi. J'ai utilisé la petite légende de l'implacable septième vague, pour mentionner qu'elle m'avait été rappelée il y a peu – « par Emmi, une amie ». Pamela a immédiatement dressé l'oreille et demandé : « Emmi ? Qui est-ce ? Comment la connais-tu ? » Alors les vannes se sont ouvertes, et ont laissé s'échapper un flot de paroles pendant une bonne heure, jusqu'à ce que tout ait été dit sur nous. C'était vraiment une de ces septièmes vagues montantes, bouillonnantes, qui bousculent tout, telles que tu les as décrites. Une vague qui s'est échappée, pour transformer, pour remettre à neuf le paysage, si bien que plus rien n'a plus été comme avant. Bonne matinée de baignade ! Leo.

Trois heures plus tard
Objet : Adieu

2. Ce qui s'est passé ensuite ? Pas grand-chose. Marée basse. Marasme. Silence. Embarras. Hochements de tête. Méfiance. Froid. Frissons. Frémissements. Sa première question : « Pourquoi me racontes-tu tout ça ? » Moi : « J'ai pensé qu'il fallait que tu le saches. » Elle : « Pourquoi ? » Moi : « Parce que cela a fait partie de ma vie. » Elle : « Cela ? » Moi : « Emmi. » Elle : « A fait ? » Je n'ai rien dit. Elle : « C'est fini pour toi ? » Moi : « Nous sommes devenus amis, nous nous envoyons des mails à l'occasion. Elle est de nouveau heureuse avec son mari. » Elle : « Et si elle ne l'était pas ? » Moi : « Elle l'est. »

244

Elle : « L'aimes-tu encore ? » Moi : « Pamela, je t'aime ! Je déménage à Boston avec toi. N'est-ce pas une preuve suffisante ? » Elle a souri et effleuré ma nuque de la main. Je pouvais imaginer ce qui se passait en elle.

Puis, elle s'est levée et s'est dirigée vers la porte. Elle s'est retournée encore une fois, et a demandé : « Une dernière question : est-ce que je suis ici seulement à cause d'elle ? » J'ai hésité, j'ai réfléchi, j'ai dit : « Pamela, rien n'est vierge d'antécédents. Rien n'existe seulement par soi-même. » Elle a quitté la pièce. Pour elle, le sujet était clos. J'ai fait plusieurs essais pour en parler avec elle. Je voulais une discussion, j'aurais accepté un orage et des dégâts matériels, pour qu'enfin un matin plus clair puisse se lever. En pure perte. Pamela bloquait toute tentative. Il n'y a pas eu de dispute, de reproches, de mots ou de regards acerbes. Non, il n'y a plus eu de regards, seulement des éraflures. Sa voix semblait sortir d'une bande magnétique. Ses caresses se sont faites plus douloureuses, à mesure qu'elles devenaient plus douces. Et nous avons continué, comme si rien ne s'était passé. Nous nous sommes torturés pendant plusieurs semaines, ensemble, l'un à côté de l'autre, en même temps, simultanément. Jusqu'à ce que je comprenne enfin : je n'avais pas seulement raconté à Pamela nos antécédents à toi et moi. En même temps, je lui avais raconté notre histoire, à elle et moi. Et je l'avais racontée jusqu'à la fin. Il ne nous restait plus que l'adieu.

Le matin suivant
Objet : Si, si, si triste !

Bonjour Leo, j'aimerais pouvoir nous distraire du contenu de ton mail avec une quelconque idiotie effrontée. Mais cette fois, je n'y arrive pas. Je hais les histoires qui finissent mal, surtout lorsqu'elles viennent de commencer. Tu m'as fait sangloter, et je ne peux plus me retenir. Par solidarité, le type à côté de moi, qui a passé la nuit ici, celui avec l'appareil dentaire sur les sourcils, a même éteint sa cigarette à moitié fumée. Leo, je trouve tout cela si, si, si atrocement triste, ce que tu m'écris et la façon dont tu l'écris ! Tu me fais si, si, si horriblement mal au cœur ! J'ai si, si, si envie de te prendre dans mes bras et de ne plus jamais te laisser partir. Tu es si, si, si adorable ! Et pourtant, tu as si, si, si peu de talent lorsqu'il s'agit d'amour. Tu fais tout au mauvais moment, et quand c'est le moment de faire quelque chose, on peut être sûr que tu ne le feras pas, ou alors mal. « Pam » et toi – cela ne pouvait rien donner. Je l'ai su dès que je l'ai vue. Jouer au golf ensemble, oui, d'accord, aller voir des parents à Boston, manger la dinde de Noël, éventuellement coucher ensemble de temps en temps (si c'est vraiment nécessaire), je comprends. Mais pas vivre ensemble !

Bien, et maintenant il faut vite que je me calme. Fiona attend dehors. Elle veut m'entraîner dans la rue commerçante de notre village de pêcheurs. – Le prochain chapitre tragique ne fait que commencer. À bientôt, mon Leo. Emmi.

Deux jours plus tard
Objet : Troisièmement

3. Que se passe-t-il à présent ? – Aucune idée, chère Emmi. Je cherche la piste à suivre pour mon programme des six mois à venir. Si tu as un bon conseil, fais-le-moi parvenir. Peut-être vais-je aller passer le reste de l'été chez ma sœur à Hambourg, et attendre au bord de la mer du Nord une septième vague révolutionnaire. Quoi qu'il en soit, tu n'as aucune raison d'être triste ou de te faire du souci pour moi. Certes, je suis un peu épuisé, mais je suis heureux de me sentir vrai. Je ne vois pas grand-chose, mais ce que je vois, je le vois avec clarté. Toi, par exemple – dans ton cybercaveau croate, et sur la plage en bikini vert. (Ne me déçois pas en disant qu'il est bleu !)

Si j'ai bien compté, il te reste cinq jours de vacances avec ta famille. J'aimerais que tu puisses en profiter librement. Je vais y contribuer, je vais me terrer sous les piles de travail restées en suspens, et je ne recommencerai à t'écrire que lorsque tu seras de retour. Merci pour – ton oreille, ton œil, ton point de contact. Pour toi ! Tu es très importante pour moi. Si, si, si importante ! Leo.

Trois heures plus tard
RE :

Oui, Leo, j'ai un bon conseil pour toi. Me laisserais-tu t'indiquer une piste à suivre ? – Jeudi dans une semaine, 19 h 30, restaurant « Impressione », deux couverts, réservation au nom d'Emmi Rothner. J'ai hâte ! Et, si épuisé que tu puisses être : s'il te plaît, ne t'oppose pas à ce rendez-vous ! S'il te plaît, s'il te plaît, s'il te plaît ! Bisous du caveau, Emmi.

PS : Presque. C'était le bikini marron et blanc. Je vais mettre le vert aujourd'hui. Pour que tu voies vraiment clair quand tu me vois !

Trois jours plus tard
Objet : Impressione

Bonjour Leo, tu n'as pas encore dit oui pour jeudi. Je ne veux pas te forcer, je veux juste savoir dans quel but je me brûle la peau au soleil une heure par jour, entourée d'individus en transats qu'il y a encore une semaine j'aurais plaints du fond du cœur d'avoir à supporter cette inactivité morose et abrutissante. Je t'embrasse, Emmi.

PS : Bisous de Jonas « Spider-man » Rothner ! Il m'a parié que tu étais un passionné de deltaplane et de planche à voile. Moi, en revanche, je mise plutôt sur amateur de promenades sur la plage, pêcheur de coquillages et collectionneur de pierres.

Un jour plus tard
Objet : Aveu

Chère Emmi, je ne voulais pas t'ennuyer avec cela pendant tes vacances, mais j'avoue que j'ai peur de notre rendez-vous.

Quatre heures plus tard
RE :

Ah, Leo, il ne faut pas. C'est notre sixième rendez-vous. Cela ne deviendra dangereux qu'à partir du
septième. J

D'ailleurs – je modifie mon classement personnel
des hommes les plus érotiques de l'univers : les fans
de formule 1, les passionnés de salons du tourisme,
les hommes à sandales, ceux qui fréquentent les
kiosques à bière, les hommes vexés et – les hommes
anxieux. À bientôt, Emmi.

Trois minutes plus tard
RÉP :

Chère Emmi, qu'attends-tu de notre « soirée ita-
lienne » ? Je sais que cette question va te sembler
familière, mais elle s'impose à moi avant chaque rendez-vous, et cette fois-ci davantage encore.

Deux minutes plus tard
RE :

1. *Antipasti di pesce*
2. *Linguine al limone*
3. *Panna cotta*
4. Là-dessus, avant, entre-temps, après, pendant,
et avec le vin : Leo !
5. Toujours en face de moi, une présence acousti-
que, une voix dans mon oreille, une vision dans mes

249

yeux, si proche que je pourrais le toucher, sa rotule presque contre la mienne : Leo !

(Si tu promets que, contrairement à tes habitudes, tu ne vas pas réfléchir longtemps et que tu vas me répondre tout de suite, je tiens encore quelques minutes dans ce trou enfumé.)

Une minute plus tard
RÉP :

Veux-tu me rencontrer autrement que nous ne l'avons fait jusqu'à présent ?

30 secondes plus tard
RE :

Leo, c'est quelque chose qui ne se demande pas. C'est quelque chose qui se révèle de soi-même. D'ailleurs, chacune de nos rencontres est différente des autres.

40 secondes plus tard
RÉP :

Je veux dire, à cause de Pamela.

250

Deux minutes plus tard
RE :

Je sais très bien ce que tu veux dire. Je ne vais pas te rencontrer autrement à cause de « Pam ». Si je te rencontrais autrement, ce serait à cause de toi. Ou de moi. Ou : si je me rencontrais autrement, je te rencontrerais autrement. Comme tu m'as toujours rencontré autrement que les fois précédentes, tu me rencontreras autrement cette fois-ci, et moi aussi. D'ailleurs, nous n'avons jamais été manger ensemble. Le simple fait de manger sera une façon différente de me rencontrer. Et je vais réagir, je vais manger en retour, je te le promets ! Puis-je sortir de mon caveau et retourner au soleil ?

Trois minutes plus tard
Objet : Je peux ?

Ça veut dire que je peux retourner au soleil ? Bien, j'y vais. Salut, Leo. Je t'écrirai quand je serai à la maison. Bisous. Emmi.

En même temps
RÉP :

Bien sûr. À bientôt. Écris-moi quand tu seras rentrée. Je t'embrasse. Ton Leo.

Trois heures plus tard
Objet : Bikini plus joli

Ton bikini me plaît. J'aime quand tu es habillée en vert !

Un jour plus tard
RE :

Eh bien, tu n'as peur de rien !

Deux jours plus tard
Objet : Moi d'abord

Bonjour Emmi, bienvenue à la maison ! S'il te plaît, raye-moi de ton « classement des hommes érotiques ». J'ai hâte d'être à demain soir, sept heures et demie, au restau italien. Je me sens léger. Je n'ai pas la plus petite crainte que notre rendez-vous ne dévie (du cadre de nos exigences). Leo.

Trois heures plus tard
RE :

Le nouveau Leo : vif comme un écureuil, intrépide, insatiable, prêt à tout !

(Merci pour l'accueil. Et c'est MOI qui ai le plus hâte !)

Quatre minutes plus tard
RÉP :

L'ancienne Emmi : clairement de retour !
(Merci pour « MOI » et « le plus » !)

Le matin suivant
Objet : Toujours en vie ?

Chère Emmi, c'est toujours bon pour ce soir ?

30 minutes plus tard
RE :

Oui, bien sûr, cher Leo. Ah oui, j'ai failli oublier
de te le dire : Bernhard et les enfants viennent avec
moi. Ça ne te pose pas de problème ?

Dix minutes plus tard
Objet : Blague !

Leo, c'était une blague ! Une blague ! Une
blaaaaaaaaaaaaaguuuuuuue !

Trois minutes plus tard
RÉP :

Eh bien, cette soirée va être drôle ! Allez, il vaut
mieux que je ne t'écrive plus. À bientôt, Leo.

253

Une minute plus tard
RE :

J'ai hâte de te voir !

30 secondes plus tard
RÉP :

Moi aussi !!

Chapitre dix-sept

Le matin suivant
Pas d'objet

Assez dormi ?

Cinq minutes plus tard
RÉP :

Pas encore endormi. Trop d'images dans la tête, je suis accro, j'ai besoin de les revoir encore et encore. Comment te sens-tu, mon amour ?

Une minute plus tard
RE :

Je ne peux que te souhaiter de te sentir comme moi, mon amour.

Deux minutes plus tard
RÉP :

Double l'intensité de ton ressenti, et tu te sentiras à peu près comme je me sens, Emmi.

Trois minutes plus tard
RE :

La moitié, multipliée par quatre, voilà comment je vais ! Pourquoi ne m'as-tu pas demandé si je voulais monter chez toi ?

50 secondes plus tard
RÉP :

Entre autres, parce que tu aurais dit non, Emmi.

40 secondes plus tard
RE :

Ah bon ? J'avais l'air d'être sur le point de dire non ?

Une minute plus tard
RÉP :

Celles qui disent non ont rarement l'air d'être sur le point de dire non. Sinon, on ne le leur demanderait pas.

40 secondes plus tard
RE :

Comme peut nous l'affirmer Leo, grand connais-
seur du cœur féminin, d'après sa très riche expérience
en la matière. Et après avoir récolté des centaines de
non que les femmes n'avaient pas l'air d'être sur le
point de dire, il ne demande même plus.

30 secondes plus tard
RÉP :

Tu aurais dit non, Emmi. Je me trompe ?

40 secondes plus tard
RE :

Et tu n'aurais absolument pas été opposé à ce que
je monte chez toi, Leo. Je me trompe ?

30 secondes plus tard
RÉP :

Qu'est-ce qui te fait croire cela ?

40 secondes plus tard
RE :

Quelqu'un qui embrasse et… euh… « enlace » de
cette façon n'y est pas opposé.

257

50 secondes plus tard
RÉP :

Comme le conclut Emmi la mangeuse d'hommes, d'après ses innombrables dégustations et essais d'attouchements.

40 secondes plus tard
RE :

Donc, voulais-tu que je monte chez toi ?

20 secondes plus tard
RÉP :

Bien sûr.

30 secondes plus tard
RE :

Pourquoi ne m'as-tu pas demandé ? J'aurais dit oui. Vraiment !

30 secondes plus tard
RÉP :

Vraiment ? Merde !

50 secondes plus tard
RE :

Mais la scène devant la porte n'était pas mal non plus, mon amour. J'ai déjà vécu beaucoup de bonnes scènes de câlins sur le palier. (La plupart au cinéma, c'est vrai.) J'en ai rarement vu une si belle, qui dure si longtemps. Et elle n'a souffert d'aucune longueur. J'avais l'impression d'avoir 17 ans.

40 secondes plus tard
RÉP :

C'était une soirée sublime, mon amour !

50 secondes plus tard
RE :

Oui, sublime, c'est cela ! Il n'y a qu'une chose que je ne comprends pas, mon amour.

30 secondes plus tard
RÉP :

Quoi donc, mon amour ?

20 secondes plus tard
RE :

Comment as-tu pu, comment as-tu pu, comment as-tu pu ?

30 secondes plus tard
RÉP :

Parle !

40 secondes plus tard
RE :

Comment as-tu pu laisser quatre des sept morceaux de ces sensationnelles *penne asparagi e prosciutto in salsa limone* ?

50 secondes plus tard
RÉP :

Je l'ai fait pour toi !

30 secondes plus tard
RE :

Je t'en suis très reconnaissante.

50 secondes plus tard
RÉP :

Bien, chère Emmi. À présent, je vais me déconnecter, fermer les yeux, arrêter le temps et rêver – de tout cela, et plus. Bisou !

40 secondes plus tard
RE :

Dors bien, mon chéri ! Ce soir, je t'écrirai autre chose qui m'a frappée. Je te rends ton bisou ! Non, je ne te le rends pas. Je t'en donne un spécial. Je garde le tien. On n'en reçoit pas des pareils tous les jours.

Neuf heures plus tard
Objet : Frappant

Cher Leo, as-tu retrouvé ta forme ? Donc : hier, tu n'as pas prononcé une seule fois le nom « Bernhard ».

40 secondes plus tard
RÉP :

Toi non plus, Emmi.

50 secondes plus tard
RE :

Je sais me dominer à ce sujet. Mais de ta part, je n'y suis pas habituée, mon Leo.

Huit minutes plus tard
RÉP :

Tu vas probablement devoir (ou pouvoir) t'y habituer, mon Emmi. Moi aussi je peux retenir la leçon

261

parfois : Bernhard, c'est ton affaire, pas la mienne. C'est ton mari, pas le mien. Si tu m'embrasses, c'est ta conscience, pas la mienne. Ou alors ce n'est aucune conscience, car Bernhard est au courant pour nous deux... ou du moins devrait être au courant... ou devrait s'y attendre... ou pourrait le deviner... ou : aucune idée, je ne suis pas très au fait de ta version de la raison et de la franchise, j'ai perdu le fil. Non, plus encore, j'ai perdu tout intérêt : je ne veux plus devoir dépasser un éternel obstacle nommé Bernhard, quand je pense à toi. Je ne suis plus obligé de mourir de honte en secret face à Pamela quand je pense à toi. Je pense à toi quand j'en ai envie, à la fréquence et de la façon qui me plaisent. Rien ne m'en empêche, plus personne ne m'arrête. Sais-tu à quel point c'est libérateur ? Notre rencontre d'hier a été pour moi comme un saut quantique. Je suis arrivé à te voir comme si tu étais là seulement pour moi, comme si tu avais été inventée pour moi, comme si le restaurant italien avait été ouvert spécialement pour nous, comme si on avait construit la table exprès de façon à ce que nos jambes puissent se toucher en dessous, comme si le buisson de genêt jaune devant ma porte n'avait été planté que pour nous, il y a vingt ans, avec une sage prévoyance, pour qu'il fleurisse lorsque nous nous embrassons et enlaçons vingt ans plus tard.

Sept heures plus tard
RE :

Tu as parfaitement raison, mon Leo. HIER, J'ÉTAIS LÀ SEULEMENT POUR TOI ! Et ton regard, qui n'embrasse que moi et fait disparaître tout ce qu'il y a autour, ce regard qui voit le buisson de genêt jaune comme s'il avait été planté pour nous et le monde comme s'il avait été créé pour nous, ce regard, s'il te plaît, s'il te plaît, s'il te plaît, mémorise-le ! Répète-le avant de te coucher, recommence au lever, entraîne-toi devant la glace. Economise-le, ne le gâche pas pour d'autres, protège-le des agressions extérieures et de la lumière trop crue du soleil, ne l'expose à aucun danger, fais attention à ce qu'il ne se brise pas pendant le voyage. Et quand nous nous reverrons, déballe-le ! Car ce regard, mon Leo, il me fait chavirer, il me rend folle. Rien que pour lui, cela valait la peine d'attendre des mails de toi pendant deux ans et demi. Leo, personne ne m'avait jamais regardée comme cela. De façon si, si, si. Oui. Si. Je voulais te le dire. Au fait, c'est un compliment, un petit, mon chéri. Tu as remarqué ?

Dix minutes plus tard
RÉP :

Tu sais quoi, chère Emmi ? Arrêtons-nous pour aujourd'hui. Ce ne peut pas être plus beau. Et pour que cela reste aussi beau, il faudrait peut-être que nous ne disions rien pendant une nuit. Je t'embrasse ! Ton Leo. (Et maintenant je vais répéter mon regard si-si-si.)

Chapitre dix-huit

Le soir suivant
Objet : Question

Question au beau silencieux : combien de temps comptes-tu garder un beau silence sur notre « nous » ?

20 minutes plus tard
RÉP :

Question à la briseuse de beau silence : que va-t-il se passer entre nous à présent ?

Trois minutes plus tard
RE :

Cela dépend de toi, cher Leo.

50 secondes plus tard
RÉP :

Plutôt de toi, chère Emmi, non ?

Une minute plus tard
RE :

Non, mon Leo, voilà ton erreur fatale, celle qui t'accompagne depuis longtemps, celle qui t'a égaré à Boston, qui a survécu intacte au voyage de retour, qui s'est vite acclimatée et s'est si bien adaptée à tes côtés. Leo, elle te colle à la peau. Il faut que tu t'en débarrasses !

40 secondes plus tard
RÉP :

Que t'imagines-tu ? Faut-il que je te demande si tu veux venir chez moi ce soir et rester dormir ?

50 secondes plus tard
RE :

Mon cher Leo, il ne s'agit pas de ce que je m'imagine, car je le sais de toute façon, et tu ne peux pas t'imaginer tout ce que je peux m'imaginer, surtout depuis hier. Cette fois, il ne s'agit que de ce que TU t'imagines. Et non : ne me demande pas pour ce soir !

266

20 secondes plus tard
RÉP :

Pourquoi pas ?

40 secondes plus tard
RE :

Parce que je serais obligée de dire non.

40 secondes plus tard
RÉP :

Pourquoi serais-tu obligée ?

50 secondes plus tard
RE :

Parce que, parce que, parce que. Parce que je ne veux pas que tu croies que je veux une aventure avec toi. Et, presque plus important : parce que je ne veux pas d'une aventure avec toi. Pour une aventure, nous aurions pu nous épargner deux ans et demi et 37 mètres cubes de mots.

30 secondes plus tard
RÉP :

Si tu ne veux pas d'une aventure, que veux-tu ?

267

40 secondes plus tard
RE :

Je veux que tu dises ce que TU veux !

20 secondes plus tard
RÉP :

TOI !

Une minute et demie plus tard
RE :

Bravo, Leo ! C'était spontané, c'est venu du fond du cœur, et c'est bien là, en lettres majuscules. Mais quoi TOI ? Te lire ? Te garder dans un coin de ma tête ? Te transporter dans une armoire à sentiments ? Te tenir comme un point dans ma main ? Te garder ? T'adorer ? Te voir ? T'entendre ? Te sentir ? Te res-sentir ? T'embrasser ? Te toucher ? Te faire l'amour ? Te faire un enfant ? Te dévorer ?

50 secondes plus tard
RÉP :

TOUT ! (Sauf « te faire un enfant », mais d'ailleurs pourquoi pas ?)

Une minute plus tard
RE :

Bien, Leo ! Au plus fort de ton embarras, tu montres parfois des velléités d'humour. Mais honnêtement, qui t'empêche de faire avec moi tout ce dont tu as envie ? Donc, dis-moi ce qui va se passer entre nous deux à présent !

Sept minutes plus tard
Objet : Dis-le !

Leeeeeooooo ! S'il te plaît ! Ne recommence pas à te taire ! Dis-le ! Écris-le ! Tu peux le faire ! Tu vas y arriver ! Crois en toi ! Tu y es presque !

Quatre minutes plus tard
RÉP :

Bon, si tu tiens absolument à lire ce que je veux, bien que tu le saches déjà : chère Emmi, peut-être pourrions-nous, non, veux-tu, ou peux-tu t'imaginer – d'accord, d'accord, il ne s'agit pas de ce que tu t'imagines, il s'agit de ce que JE m'imagine. Emmi, je m'imagine, que j'aimerais bien essayer avec toi !

30 secondes plus tard
RE :

Essayer quoi ?

269

40 secondes plus tard
RÉP :

La vie.

Une minute plus tard
RE :

La « vie » est un féminin et (du coup) imprévisible. Essayons d'abord « être ensemble », ce serait approprié, neutre, ce serait… possible. Vraisemblable.

40 secondes plus tard
RÉP :

Emmi, je savais bien qu'il s'agissait surtout de ce que TU t'imaginais ! Et, je te prie, qu'est-ce qui différencie « ton » être ensemble de « mon » aventure ?

50 secondes plus tard
RE :

L'engagement, l'intention, le but. Une aventure est faite pour être vécue à fond, d'un coup. Être ensemble, c'est vouloir rester ensemble, pour peut-être un jour apprendre à bien se connaître.

270

Trois minutes plus tard
RÉP :

Chère Emmi, au cas où notre (hypothétique) ensemble restait ensemble et apprenait à bien se connaître : je suis désolé, il faut que je te pose la question. Pourrais-tu t'imagi... Te séparerais-tu de Bernhard ? Divorcerais-tu ?

20 secondes plus tard
RE :

Non.

40 secondes plus tard
RÉP :

Dans ce cas, oublie !

30 secondes plus tard
RE :

Cher Leo, ne dis pas : « Dans ce cas, oublie ! », mais demande-moi : « Pourquoi non ? »

40 secondes plus tard
RÉP :

Pourquoi devrais-je te le demander, Emmi ?

50 secondes plus tard
RE :

Ne demande pas pourquoi tu devrais me le demander, mais demande-moi pourquoi je ne serais pas
prête à divorcer !

30 secondes plus tard
RÉP :

Chère Emmi, je ne vais pas te laisser me dicter ce
que je dois te demander. C'est encore moi qui choisis
ce que je te demande. Donc : pourquoi ne serais-tu
pas prête à divorcer ?

20 secondes plus tard
RE :

Parce que je suis déjà divorcée.

Deux minutes plus tard
RÉP :

Non.

Douze minutes plus tard
RE :

Si. Depuis le 17 novembre, 11 h 33. En gros : depuis
six mois. Au cas où tu aurais déjà effacé de ta mémoire

cette phase peu réjouissante : c'était pendant notre pause épistolaire de trois mois, après ma visite clandestine chez toi, après que j'ai annoncé la FIN en lettres majuscules. C'est à ce moment-là que j'ai déménagé. C'est à ce moment-là que j'ai tout raconté à Bernhard sur nous (y compris la deuxième partie de notre histoire, qu'il ne connaissait pas encore). C'est à ce moment-là que nous avons constaté officiellement, par consentement mutuel et sans contentieux, que notre mariage n'était plus si fantastique que cela, et qu'il était figé dans un état déplorable. C'est à ce moment-là que nous en avons tiré les conséquences. C'est à ce moment-là que nous avons divorcé. Oui, à ce moment-là. Nous avons eu raison de le faire. Et nous l'avons bien fait. C'était douloureux, mais juste un peu. Les enfants ne l'ont même pas remarqué. Car le cours des choses n'a pas beaucoup changé. Nous sommes restés une famille.

40 secondes plus tard
RÉP :

Pourquoi me l'as-tu caché ?

Une minute plus tard
RE :

Je ne te l'ai pas caché, Leo, je ne te l'ai juste pas dit. Ce n'était pas si, si, si – important, oui, important. Ce n'était qu'un acte formel. Je voulais le mentionner. Mais « Pam » s'est interposée. Elle était sur le point d'arriver. J'ai trouvé que cela n'aurait pas été très approprié.

40 secondes plus tard
RÉP :

Mais Emmi, Bernhard et toi, vous avez passé d'idylliques vacances de réconciliation à deux aux Canaries.

30 secondes plus tard
RE :

Ce n'étaient pas d'idylliques vacances de réconciliation, mais d'harmonieuses vacances de routine. Au niveau émotionnel, ce sont les deux possibilités les plus éloignées sur l'échelle des bonnes vacances. Nous nous sommes réconciliés.

40 secondes plus tard
RÉP :

Si bien réconciliés que tu es retournée chez lui. Pour moi, c'était le signe infaillible que votre relation était solide.

Huit minutes plus tard
RE :

Et pour moi, c'était le signe infaillible que tu as un don pour mal comprendre les choses, quand elles ne peuvent pourtant plus être mal comprises ! On ne pouvait pas faire plus clair que la proposition que je t'ai adressée depuis La Gomera. Mais tu l'as déclinée, car tu ne l'as pas entendue. Fidèle à tes habitudes, tu as laissé filer les flots. Depuis que nous nous connaissons, tu as laissé passer une septième vague après l'autre, mon Leo.

40 secondes plus tard
RÉP :

Et c'est pour cela que tu t'étais décidée pour Bernhard et que tu étais retournée chez lui. Que peut-on mal comprendre là-dedans ?

Cinq minutes plus tard
RE :

Non, Leo. Nous avions simplement repris notre colocation et notre communauté d'intérêts. Cela me permettait de mieux surveiller les enfants quand il était en tournée. De plus, cela m'évitait de rester assise des heures, perdue, dans la salle d'attente de Leo, à fixer des murs blancs.

275

50 secondes plus tard
RÉP :

Je ne savais pas.

30 secondes plus tard
RE :

Je sais.

40 secondes plus tard
RÉP :

C'est nouveau et étrange, mais cela me fait plutôt du bien de le savoir.

30 secondes plus tard
RE :

Je suis contente pour toi.

Trois minutes plus tard
RÉP :

Et maintenant ?

50 secondes plus tard
RE :

Maintenant, je propose de me servir un whiskey.

30 secondes plus tard
RÉP :

Et après ?

Deux minutes plus tard
RE :

Après, tu pourras me demander encore une fois si je veux venir chez toi. En attendant, tu peux commencer à répéter ton regard « buisson-de-genêt-jaune » et à compter les vagues.

Cinq minutes plus tard
RÉP :

Tu as fini ton whiskey ?

30 secondes plus tard
RE :

Oui.

20 secondes plus tard
RÉP :

Tu viens ?

15 secondes plus tard
RE :

Oui.

30 secondes plus tard
RÉP :

Vraiment ?

20 secondes plus tard
RE :

Oui.

25 secondes plus tard
RÉP :

À tout de suite.

20 secondes plus tard
RE :

Oui.

Chapitre dix-neuf

Trois mois plus tard
Pas d'objet

Tu es en ligne, mon chéri ? Aurais-je laissé mon portable chez toi ce matin ? Peux-tu vérifier ? 1. Poche du peignoir. 2. Jean noir (dans le panier à linge sale, en espérant que tu ne l'as pas encore lavé). 3. Commode dans l'entrée. Ou, mieux : appelle-moi, et regarde si cela sonne quelque part. Bisou. E.

Deux minutes plus tard
Pas d'objet

Tout va bien. Je l'ai retrouvé. Je suis si heureuse d'être avec toi !! E.

Trois heures plus tard
RÉP :

Bonjour mon amour, c'est agréable de te lire ! Et de t'écrire ! Nous pourrions faire cela plus souvent. Des milliers de baisers. Et prépare ton appétit ! À tout de suite. Leo.

Daniel Glattauer
dans Le Livre de Poche

Quand souffle le vent du nord n° 32132

Un homme et une femme. Ils ne se connaissent pas mais échangent des mails. Jusqu'à devenir accros. Jusqu'à ne plus pouvoir se passer l'un de l'autre, sans se rencontrer pour autant... Savoureuse et captivante, cette comédie de mœurs explore avec finesse et humour la naissance du sentiment amoureux.

À toi pour l'éternité n° 33709

Par hasard, Judith rencontre Hannes dans un supermarché. Quelques jours plus tard, il entre dans sa boutique de luminaires. Hannes est architecte, il est craquant, le gendre dont rêve toute femme. Les amies de Judith tombent sous le charme. Alors pourquoi Judith n'arrive-t-elle pas à se laisser aller et à profiter de l'occasion ?

Du même auteur
aux éditions Grasset :

QUAND SOUFFLE LE VENT DU NORD, 2010.

À TOI POUR L'ÉTERNITÉ, 2013.

L'ART DE NE PAS ROMPRE, 2015.

Le Livre de Poche s'engage pour l'environnement en réduisant l'empreinte carbone de ses livres. Celle de cet exemplaire est de :
500 g éq. CO₂
Rendez-vous sur
www.livredepoche-durable.fr

Composition réalisée par PCA

Imprimé en France par CPI
en septembre 2016
N° d'impression : 2025135
Dépôt légal 1re publication : avril 2012
Édition 04 - septembre 2016
LIBRAIRIE GÉNÉRALE FRANÇAISE
21, rue du Montparnasse - 75298 Paris Cedex 06

Composition réalisée par P.C.A.

Imprimé en France sur Presse Offset par
BRODARD ET TAUPIN
La Flèche (Sarthe).
N° d'imprimeur : 30247 — Dépôt légal Éditeur : 20454-03/2003
Édition 04
LIBRAIRIE GÉNÉRALE FRANÇAISE - 43, quai de Grenelle - 75015 Paris.
ISBN : 2 - 253 - 06309 - 4

31/6309/4